Rozmarné léto
Vladislav Vančura

Rozmarné léto
Copyright © Jiahu Books 2017
Published in Great Britain in 2017 by Jiahu Books – part of
Richardson-Prachai Solutions Ltd, 434 Whaddon Way, Bletchley,
MK3 7LB
ISBN: 978-1-78435-228-8
A CIP catalogue record for this book is available from the British
Library
Visit us at: jiahubooks.co.uk

2

OBSAH

Staré časy

Mnozí odvážlivci, kdys se octli na počátku velikolepého měsíce června, usedají do stínu platanů a jejich urputné vzezření se stává mírným. Hle, větvoví a vysoký sloupec rtuti, jež se zdvíhá a opět klesá, připomínajíc oddech spáče. Hle, kyv slunečníku a tato tvář, kdysi hrůzná. Ať poshoví nos a odulý ret, jenž vyrazil z obličeje tak prudce, ať se mírní, neboť, probůh, město je klidné.

Uprostřed žírných polí je dosti dvorců bílých ve smyslu národního básnictví, z býčků jsou voli, jalovice jsou stelné a ten tam je máj.

Pokud možno, buďte oděni bíle a seďte váhavě před svým hotelem. K ďasu! Což není dosti dobrý příklad praotců, kteří se přepásali a kabát na lokti krok co krok se blíží k podjezdům sadů, aby usedli na stoličku již připravenou?

Tehdy markytánky léta v kapotu, ve střevících ploských a růdušných, ve střevících, jež nezrývají cest, chodily muž od muže, stolici od stolice a vyňavše blok z vydutého kapsáře, trhaly lístek po lístku. Chocholík jejich nosu se zarděl, kdykoliv mluvily k svému hosti řkouce:

„Dobrý den, pane. Není dnes krásné jitro? Není vám vhod tato desátá hodina, jež právě slétá se starobylé věže basiliky svatého Vavřince? Domníváme se, že čas propůjčuje více vděku než cokoliv jiného, a vskutku, deset je více než devět. Na tento chrám se kdysi nadávalo velmi urputně, neboť jej stavěl hýsek, který měl dosti drzosti, aby pozměnil půdorys proti pravidlu. Znaly jsme tohoto stavitele a můžeme říci, že se nám líbil, jakkoliv byl poněkud prostopášný.“

„Jakže, děl starý pán, tento kostel je pochyben a proti předpisům dobrého stavitelství? A tuto věc jsem zpozoroval až dnes!"

„Zpozoroval jste ji velmi správně," pravila dáma, „avšak uhodnete, že tento můj klobouk sloužil devatero sezón jako výstřední bouřlivák? Ach, můj milý, on i basilika se vžily, a jejich provinění se stala řádem světa. Neboť, ať poznovu dím, čas propůjčuje důstojnost i zrůdám."

Hola, hola! Nestojí tyto hovory za opakování? Přivádějí snad z míry potivý krok? Nejsou dosti pravdivé a nepáchnou téměř naprostou prostřednosti?

Lázeňské místo Krokovy vary

Na podivuhodné řece Orši leží město dobré pověsti a dobré vody. Voda vyvěrá na stinných místech a devět nejmohutnějších pramenů, zachycených devaterou studnicí, je označeno jmény devíti Múz. Jde o lázně Krokovy Vary. Jde o město otevřené, vystavené zpola z cihel, zpola z bláta a z kamene, o město pochybeného stavitelství a stálého zdraví.

Ha, říkává varský starosta, snímaje karty, u nás se nezahálí. Hej rup! naše osada v pospěchu a v ušlechtilém závodění přichází k červnu šestého měsíce nezpozdivši se a vyčkávajíc pravidelné lhůty.

Nuže v těchto koninách účelnosti a kvapícího času (ach, kdepak se zhurta nestárne a kde je obyvatelstvo, jehož prostředky nejsou posvěceny) bylo několik usedlostí a něco majetku dosti starobylého. Byl získán z největší části ve hře, jež se nazývá MALÁ - VELKÁ nebo MALÁ BERE. Je to majetek požehnaný a je dobře spravován, neboť, namoutě, zdejší měšťané jsou kovaní kupci a nic jim nepřekáží, že jsou Krokovy Vary lázně jen deváté velikostí, nevhodné oblačnosti, chabého záření slunečního, neprosákavé půdy a zřídel nikoliv vroucích. Nechť si! Třebas nemá kanalisace, je to přece město bodré a počestné.

Čas

Kalendář more Gregoriano rudl prvou nedělí červnovou a zněly veliké zvony. Čas šel vpřed rychlým krokem jako tomu bývá vždy ve chvílích prázdně a o velikých svátcích. Blížila se hodina osmá, hodina, o níž se vypráví, že je to čenich smečky denního času a že vás vyslídí, stůj co stůj.

Stáří a poloha ústavu Antonína Důry

V tuto chvíli zpěvem a rozmarnou hrou byl počat děj tohoto vypravován v plovoucím domě Důrově. Prám Antonínův, na němž jsou zbudovány lehké stavby plovárenské, jest upoután, kde se hřbet Orše poněkud čeří, větře písčinu zvící padesáti sáhů. V těchto místech břeh směrem k městu je pokryt vrbinami, končícími se před zahradami jirchářů a výrobců oplatek. Zarůstá příliš každého léta, zachovávaje vzhled ježatosti téměř neušlechtilé. Nikdo jich neštípí, a těm, kdo jdou k řece, nezbývá než maličko stezek, žel, úzkých. Na počátku cest je zaraženo po tyči zhruba omalované, jež, jako oslice sedlo, nese nápis: Říční lázně.

„Ach ovšem," děl purkrabí, jemuž se kdysi v století čtrnáctém namanulo jednati zpříma, „ach ovšem, koupejme se!" Řka to, prošel křovisky až k písčině a vykonal, co byl již řekl. Od těch dob, pokud paměť sahá, se užívalo těchto míst podle jejich určeni.

Antonín Důra

Dozpívav svoji písničku, veliký Antonín složil ruce na zádech a maní dýchal na kuličku teploměru. Sloupec téměř neúplatný sotva se pohnul a Důra znamenaje tuto řádnost měl několik myšlenek, jež se vystřídaly v sledu míšených karet.

„Tento způsob léta," děl vposled, odvraceje se od přístroje Celsiova, „zdá se mi poněkud nešťastným.

Je chladno a můj dech, jakkoliv jsem nepozřel vody, je mrazivý. Který měsíc nám zbývá, jestliže ani červen není dost vhodný, abychom pečovali o zdraví a o tělesnou čistotu?

Nuže, ať je podnebí příznivé čili nic, tyto věci nesnesou odkladu."

Řka to ujal se mistr řemene, svlékl svůj šat a dívaje se dolů do vody, jež zrcadlila jeho dlouhé zarostlé nohy, roubení bazénu a nebeskou báň, znamenal obraz obrácené nádoby, kterou kdosi neuměle postavil právě na okraj, a dodal:

„Ach, plovárna a tato číška jsou prázdny."

Věci soudobé a kněz

V tu chvíli kanovník Roch, muž, jenž lépe než kdokoliv jiný znal cenu mravnosti, vkročil na říční hráz vroubící druhý břeh. Odříkávaje báseň či modlitbu vhodnou pro tento denní čas, měl dosti pokdy, aby se díval na všechny strany, a tu nebylo nesnadné spatřiti mistra Antonína Důru, jenž maje jazyk ven vyplazen a oči zvlhlé prodléval nad svou číškou.

„Hej," vykřikl kanovník, „hej, pane, počínáte pozdě svůj sabat, což nezní zvony dosti silně? Sesedněte se svého koštěte, vidím je zřetelně mezi vašimi stehny. Zanechte ohavnosti, jež vás zahubí. Vemte si plášť nebo utěrku, která visí na zábradlí vaší ohavné stoky, jinak, u všech všudy, přejdu na druhý břeh a vyprázdním vaši láhev do Orše."

„Budiž," děl Antonín měně tělesné držení, „čiňte si po libosti a přejděte. Spěchejte a vizte všechny podrobnosti svého omylu, poohlédněte se po koštěti v mých koutech a jste-li dosti zručný, abyste nalezl obsah v láhvi, nebudu vám pro to činiti výčitek. Nuže vykročte, udeřte sandálem do tohoto proudu. Chtěl bych říci několik pravd, jež je nutné slyšeti v pravý čas."

Kněz zavřel knihu, zanechav mezi listy sevřený ukazováček, usedl na kamenný náhon a jal se odpovídati, poněkud spílaje a přece nepřekročuje mezí ušlechtilého hovoru.

„Jaký jste to," řekl, „nečistý hmyz, jenž odkládá kalhoty tak snadno, jako poctivý člověk svoji čepicí? Kdo byl váš učitel? Kdo vám vštípil tyto mravy?"

„Dobrá," děl Antonín, zapaluje si doutník, který mimo nadání nalezl v kapse pláště, jejž zapomněl zákazník z minulého dne, „dobrá, mohu vám vypravovati o svých učitelích, kteří vesměs byli dobráci a lidé učení. Avšak nesměšujte mne s nemravy. Odložil jsem své spodky z dobrých důvodů. Neboť kůže, jak se doposud vykládá v týchž školních místnostech, kam jsem chodíval za svým obecným vzděláním, je uzpůsobena k dýchání a velmi si ho žádá.

Byly mi vštípeny názory zdravotnické, přijal jsem je a jsem jich dbalý s velikým prospěchem svého těla. Jděte mi k šípku se svou knihou ód a s prstem, jenž hryže omletý řádek, nemoha se dobrati smyslu. Jděte, vy vykladači ohavnosti, klábosících liter a dýchavičných řádků, jimž se zmanulo kulhati podle pravidla."

Řka to, jal se plavčí mistr sestupovati po schůdcích a vhroutil se do bazénu.

„Jsem zde, mluvil dále snášeje chlad vody jako statečný člověk, abych vám odpověděl na všechna utrhání, jimiž mne zahrnujete od pěti let, avšak smočil jsem si ruce a je příliš pozdě, abych vyňal z úst doutník, a příliš záhy, abych jej odhodil."

„Jakže," zvolal abbé, „vy byste chtěl opakovati příhodu z bajky o vráně, jež ztrácí sýr! Probůh, podržte si svůj doutník a buďte němý."

Vojín Hugo

Za těchto hovorů líté vybroušenosti vešel na plovárnu Důrovu muž asi padesátiletý, jehož lýtka prozrazovala střehy šermířské a jehož ruce vězely v rukavicích. Byl oděn jako anglický myslivec a jeho royalistická tvář bez jizvy nesla tukový nádorek zvící ořechu nad úhlem levé čelisti.

„Dobrý den," řekl z oblaku vybraných stájových vůní.

„Dobrý den," odtušil mistr Důra, „konám cvičení, s nimiž jste obeznámen a jež už sdostatek rozvzteklila kanovníka.

Poshovte mi, abych obeplul nádrž."

„Zajisté, nepohněvá-li můj souhlas abbého, nechci vám překážeti," odpověděl příchozí a usedl na stoličku, co plavčík, nesa doutník v ústech, čeřil hladinu bazénu. Duchovní na druhém břehu založil stránku a odloživ knihu, opětoval pozdrav.

„Dobré jitro, majore. Domníváte se doposud, že shovívavost, již osvědčujete vůči tomuto pošetilci nevýrazného ducha, je správná?"

„Ano," děl myslivec, „tělocvik mistrův se zdá příhodným a jeho duch, jakkoliv je jen plavčíkem, je dosti hbitý, aby vám rozmanitě odpovídal. Mohl bych zabrániti, aby nevstoupil do lázně, avšak přišed, spatřil jsem jej již pohroužena do vody a plovoucího. Proč mám rušiti věci, jež trvají?"

„Pah," vykřikl abbé, „býval jste vždycky nadšenec času, ačkoliv je jisté, že pomíjíte věcí věčných. Nu dobrá, bude se vám odpovídati z těchto chyb. Kniha, kterou jsem odložil, je dosti blízká, aby nám připomenula, co jest trvání. že stará 2. 000 let. Majore, dejte pozor, co chci říci."

„Pane," děl Důra, vylézaje z vody, „major nečetl vaši knihy a nebude jí čísti, ani kdyby byla ještě starší. Což je tak pošetilý, aby věřil, že staří oslové hýkají lépe Přišel loviti ryby a vy, křiče ze všech sil, je zaháníte."

Zatím major otevřel skříňku, již přinesl z komory Důrovy, navlékl dešťovku na udici a vmetl ji do proudu.

„Nikoliv," děl, „shledávám jakési zaujetí v těchto hovorech, a třeba by nebyly dosti ušlechtilé, připouštím je, neboť zaujetí jsou odlesk vášní. Co jest velikého mimo oblohu věčně modrou a vášně věčně krvavé?"

Pozorování povětrnosti

„Snad vám abbé odpoví, chcete-li to věděti," pravil plavčí mistr, oblékaje košili, „avšak nevěřím, že se vám podaří udržeti tvrzení o modré obloze. Neboť tento červen úhrnem nestojí za nic. Vím, že jste chtěl uvésti barvu blankytu v blízkosti krve, avšak tato snaha, jakkoliv jste šlechtic, je přílišná. Přihlédněte blíže, majore, nezdá se vám, že počasí je prožlukle mizerné a div že neprší? Vidím hromadu mračen a škvírami modř, jež se mi nezdá ani původní.

Rozhlédněte se po všech čtyřech stranách tohoto nebe," hovořil dále Antonín maje tvář skrytu v košili a opisuje veliký vzdušný kruh rukávem, v němž paže vězela jen zpola. „Rozhlédněte se a nespatříte nic než vyzdviženou mlhu, vodorovně vrstvenou. Hle, výstupné proudy, unášející páru od povrchu zemského k rosnému bodu. Těch sloh a oblačných stěn a těch pletichářských mlžinek! Žel, pánové, jsem příliš chud, než aby mi bylo dovoleno býti hněvivým. Avšak chtěl bych zaklíti téměř bezprostředně."

Jiné rozhovory

„Odkud tyto rozpaky," vykřikl kanovník, „cožpak jsem vás neslyšel láti celou hodinu?"

Antonín odpověděl, že se kanovník může mýliti, neboť prodlévá na druhém břehu a Orše v tomto období je široká.

„Vaše uši," děl, „zalehly hukotem knih, jež pořvávají, i jsou-li zavřeny. Co jsem vypouštěl dva nebo tři vzdechy, slyšel jste některého z církevních otců."

Řka to oblékl si plavčí mistr kalhoty již bez nesnází a zapjav je usedl vedle majora. Royalista, jehož trpělivost nebyla nepřeberná, trhl prutem a odepjav udici složil rybářské náčiní. Potom vstal a pokojně odzátkoval láhev.

„Kdybyste nevyřizovali pře křikem," pronesl nalévaje tři číšky, „mohl bych vám býti tu a tam užitečným, avšak pokud mohu souditi, vaše zadostiučinění je, máte-li poslední slovo."

Hana soubojů

Nato pravil Antonín Důra: „Je lépe míti poslední slovo než poslední pánu, neboť mi nenamluvíte, že schladím svoji zlost, jestliže mi někdo protne lýtko až k holenní kosti. Lékařské knihy, které čítávám, necení si nic více než vleklou chorobu a v jejich smyslu je hrubý vědecký omyl dát se čtvrtit na soubojovém stanovišti. Svoji k svému, majore. Jste povinován tomuto pokročilému století, abyste zemřel na proleženiny, jsa stižen úbytěmi míchy a dosáhna devadesáti let."

Zápletka

Když to Antonín řekl, napil se a právě v tu chvíli vešla na plovárnu jeho žena Katuška nesouc hrnec, z něhož se kouřilo.

„Ach, ty nikdy nezahálíš," pravila neusmívajíc se na Antonína.

Rozmlouváme o odtažitých věcech, jež zaměstnávají kanovníka, odtušil mistr a došed k ženě nadzvedl poklici nad hrncem, aby zvěděl, není-li uvnitř něco dobrého k jídlu. Potom dal opět dopadnouti pokličce na staré místo a pohlížeje na hrnec a na tvář paninu, řekl:

„Jak si mohu, majore, za tohoto stavu věcí vážiti vašich králů, kanovníkových knih a svého zdraví?"

Vzpomínka panina

„Můj manžel plkává dosti často," pravila paní Důrová, „ach! Je mi to snášeti od sedmnáctého roku, neboť vězte, že jsem se provdala mláda. Ano, mohla jsem voliti mezi lepšími chlapíky, než je mistr, avšak Antonín zbil ženichy a zmocniv se klíčů, jež jako s uděláním se hodily k mým dvířkám, obtěžoval mě tak dlouho, až bylo nutné slaviti svatbu. Je to pravda, Antonín býval velmi zamilován a velmi zdráv, chci se vsaditi, že toho měli ti kluci dost, když je zmlátil."

Zevrubnost a obšírnost (na radu kritiků)

Abbé, jemuž výjev s hrncem připomenul obraz na rubu peníze popsaného v Begerově „Observationes et coniecturae in numismata quaedam antiqua" se odmlčel a v zamyšlení metal kámen po kameni v proud Orše.

„Jednání tak živé a hra tak upřílišněná," děl Antonín nakláněje se k majorovi, „nepřísluší knězi a abbé by jí měl zanechati. Viděl jsem dosti bláhovců, již činili jako on a vposled litovali svého rozjitření, neboť kdokoliv se jme, nejsa vycvičen ve vrhání, metati břemena malá či velká, činí to tak nedobře, že si pohne hmotou mozečku nebo prodlouženou míchou.

Vypravuje se o některých historicích, že cvičívali své tělo," hovořil dále Antonín zvedaje hlas, „a slýchávám, že mezi ctiteli literatur byli běhouni. Je to však důvod, aby se kanovník štval polem a přeskakoval ostnaté keře?"

„Co chcete říci, mistře," zeptal se kanovník, „zdá se mi, že jste na své cestě za výrazem došel až k stupni nesrozumitelnosti téměř zajímavé."

Rozhodnost a čin

„Srozuměla jsem," pravila paní Důrová, „že se hádáte o jakési nesmysly a že křičíte, jako by šlo o peníze. Můj manžel je otevřhuba.

Říkávám mu dosti často, aby v letních měsících mluvil tiše a ušlechtileji, neboť příkaz naší živnosti je vítati zákazníka, byť by to byl i špinavec, jenž krade mýdlo a čtvrtí si v kabině moji utěrku na onuce."

Řkouc to paní vstoupila do lodičky a odvázavši ji přeplavila se na druhý břeh Orše k abbému.

„Můj muž," pravila, „je nevyrovnatelný osel, pojďte pane, převezu vás a vy mu to řeknete zblízka."

Láhev a tažení italské

Vstoupiv na plovárnu abbé pozdravil a přisedl k majorovi.

„Vaše sklenice," děl Hugo, „je příliš dlouho plná. Nebylo by lépe ji nepíti?"

„Vylévati víno?" odvětil kanovník, „vylévati víno a kaziti knihy jsou těžká proviněni, pane!"

„Pokud jde o víno, je tomu tak," přisvědčil Antonín, „znám příběh o hostinském, jenž byl potrestán temnicí, protože vyrazil čep z vinárníkovy bečky."

„To mi připomíná tažení italské. Víte proč byla prohrána prvá bitva na Piavě?" otázal se major Hugo vzrušen jsa hrůzami válek.

Potom, když znamenal, že nikdo z obou přátel nechce slyšeti jeho vypravování, jal se mluviti o postaveni vojsk a o vinných sklepích horní Itálie.

„Vězte," děl obrácen jsa k paní Důrové, „vězte všichni, že armáda neměla nádob a že se pilo víno z hrsti. Bylo nutné, aby voják otevřel sud bodákem hezky dole a aby víno crčelo proudem. Tu se stalo, že sklepní prostory byly zaplaveny vínem, a že v nich utonuly některé pluky. Způsob otvírati bečku bodákem není hospodárný a bývá při něm rozlito mnoho nápoje. Nápoje, jenž je na výsost vhodný, aby roznítil statečnost již potuchlou."

„Statečnost!" děl Antonín, „bekavou statečnost řvounů, kteří praží na nepřítele z krytů! Zvedněte pěkně v tichostí metrický cent, jste-li statečný, majore."

„Pah, mohu vám přednésti několik veršů, jež se nezabývají ani jatkami ani vzpíráním břemen a přece dobyly světa," vykřikl abbé.

V tu chvíli nastal kolem láhve zmatek a mužové mluvili jeden přes druhého.

„Neopakujte těch tlachů z pisklavých knihoven!" „Dejte si říci!" „Nechte na hlavě! To jest, to jest ta čveračina štábu s obvazkem a s podvázanou bradou!"

Napomenutí

„Chci vás upozorniti," řekl Hugo, „že vše, čeho bych si mohl vážiti u lidí špatných řemesel, je špetka klidu. Avšak

vy pokřikujete! Ticho! Vezmu si tuto zbraň a postavím se,
abych vám odpovídal."

Řka to major uchopil bidélko, jehož se udívá k rovnání
údů při vyučováni plavbě, a zaujav postavení podřepu
pěkným útokem srazil vyprázdněnou láhev.

„Kulatý světe!" vykřikl Antonín, „co to činíte? Hle, abbé
zemře strachem."

Zatím však kanovník obracel listy v své knize a našed
místo, jež hledal, řekl:

„Dobrá, dobrá, rozmetejte tuto skrýši pornografie pěsti
nebo toporem. Zasluhuje svého osudu. Čiňte se ze všech
sil, znám prostředek, jenž vás usadí."

Potom přistoupil k majorovi, jenž neustával předváděti
lítý zápas, a povýšeným hlasem četl VII. knihu ód
Horatiových, co veliký Antonín neznaje jiných výrazových
prostředků síly, jež tryská a dere se ze zdravého těla,
popadl jakýsi špalek a zvedl jej sto a jedenkrát do výše.

Námluvy

Paní Kateřina Důrová, naslouchajíc kanovníkovi, jenž
sypal krásné verze jako z rukávu, zkřížila ruce na prsou a
pravila:

„Jsem zde a slyším vás, pane. Latina jest prý jazyk Římanů
a vypravuje se, že tento jazyk zemřel a že je mrtev. Jaké
nesmysly, abbé, mluvil jste dosti hbitě a dosti dlouho,
abychom je odsoudili.

Avšak nyní si odpočiňte a vypravujte mi něco v naší
mateřštině, neboť jest se mi přiznati, že chápu jen zpola
smysl latinských řečí. Jsou tak obšírné! Zdá se mi poněkud
přehnané toto učleněné vyjadřování, jež připomíná

krupobití, nechci však pochybovati, že jste promlouval o počestných citech.

Ach, ovšem! Bývaly to časy, když jsme si krátily chvíli šprýmovnými průpovídkami, zpěvem a hrou na hudební nástroje. Ouvej, pane, byl byste se posedl, slyše jakéhosi varhanáře, jenž mě štípal do boků prozpěvuje si písničku za písničkou. Jsem si jista, že jeho vynalézavost nezadá v mnohém vaší řemeslné dovednosti, jakkoliv jste vy shlédl cizí země a navštěvoval školy až po svůj zralý věk."

Řkouc to paní smetla s lavice udičky, niti i ostatní součástky nezbytné k rybolovu a překračujíc valchu, jež spadla na zemi, vlékla lavici na jiní stranu plovárny.

„Nuže, pane," mluvila dále Kateřina Důrová, když usedla, „pojďte sem, pojďte za mnou, toto sedadlo není tak nepohodlné, jak se vám zdá, a obejdeme se zde bez latiny. Ti dva," doložila ukazujíc na mistra a na majora, „nepostihnou ani jediného slova. Vsadím se, že si navzájem vypravují o střelných zbraních a o jakémsi bláznivém závodění. Ach, vizte mého manžela, drží levici upaženu a zajisté chce namluviti majorovi, že je v tomto úkonu nesmírná sila. Ach, co si mám počíti, jestliže tento neomalený člověk křičívá jen proto, aby si cvičil dech a zvětšil objem hrudníku? Co mám činiti, jestliže den co den jej vidím, jak hopsá a skáče o tyči až do výše stropu?"

„Mistr," odtušil kanovník, „se stará a pečuje o svoje tělo snad příliš, avšak nikdy jsem jej neponoukal ani jsem ho nepovzbuzoval, aby to činil bez výhrady. Mistr, vy a já, paní, jsme v létech, kdy se již nekřičí z plných plic a kdy můžeme minouti plot sousedův bez pokušení, abychom jej přeskočili. Nelibuji si v okázalých kouscích."

Cesta ctnosti

„Tak jest, tak jest, abbé," přisvědčila paní vstávajíc se svého místa, „avšak, uvážíme-li váš věk, měl byste býti shovívavější. Nevinná hra, již, jak vidíte provozuje můj manžel, je snad pošetilá, ale není neřestná a nezasluhuje odsouzení tak prudkého. Nevím, jaké záští jste pojal a z jaké příčiny tropíte poplach. Probůh! Dáte se do latiny, jež se ukáže nesmyslem tak popuzujícím."

Řkouc to, Kateřina se obrátila k svému manželovi a pravila, že kanovník je zvrácený muž, na nějž Je míti pozor.

„Ach," děl Antonín Důra, „to mne nehne, to se mne netýká."

A zanechav ženu bez obšírnější odpovědi, povzbuzoval majora, aby ukázal obrat, o němž mluvil.

„Zde jest, zde jest," vykřikl Hugo, bodaje bidélkem do škvíry mezi prkny, jež zdaleka připomínala mezižebří.

Nové námluvy

„Jste zlověstný, majore," pravila paní Důrová. „Vždy zpocený, vždy rozkročený, s napřaženou rukou, s dvěma či třemi blesky pohledů, podobáte se málem strážmistrovi, jejž jsem znávala dosti důvěrně za mladých let. Ach, byl to švihák, o němž je třeba vypravovati obšírně. Byl svárlivý jako vy a bylo mi často mírniti jeho prudký hněv. Nabízela jsem mu vše, co jsem pokládala za vhodné, aby to ukrotilo jeho prudkost. Nicméně kroutil knoflíky v svých prstech příliš nedočkavých a píval láhev za lahví. Sloužil u vozatajstva na rozdíl od vás, který jste byl u dělostřeleckého pluku a nenosil červených kalhot."

„Nenosil jsem jich," děl major, „na svůj prospěch, neboť tyto pluky jsou pluky pohůnkovské."

„Vskutku?" pravila paní, „neslyšela jsem nikdy podobného mínění. Tito lidé šli na dračku v naší ulici.

Vy víte, pane; že jsem měštka; a že jsem odcházela jen nerada do tohoto prokletého místa. Mám husí káži, vzpomenu-li si na naše nynější hosty. Pěchota, jež pokud jde o zbraně a pokud jde o odění, ani zdaleka se nerovná jízdě, stokrát a tisíckrát je lepší tohoto obyvatelstva. V zástupu neduživců, již sem pílí každého léta, švarný desátník od osmadvacátého je více než pozoruhodný a tu jsem ztracena.

Za mých časů byl abbé již stár, avšak vysvětlete mi, jakou nepřízní náhod jsem se nesetkala s vámi."

„Ale, ale, ale," děl major upadaje do mírného hněvu, „snad se vyskytl nějaký neostřílený nováček u mých houfnic, jenž mohl vzbuditi svým housečím vousem zájem kuchařek a jehož jsem týral.

Nepředhazujte mi těch věcí. Neměl jsem záměru vzhledem k jejich volbě. Ostatně, pokud vím; váš manžel, jemuž jste povinna veškerou úctou již proto, že vás odvedl z ohavného předměstí, nesloužil ani u závozníků ani u dělostřelectva, nýbrž byl zákopníkem."

„Abych to nevěděla! Abych nevěděla, kde sloužil," odpověděla paní. „Chcete-ti vyvolati spor, opakujte něco jiného a mistr Antonín vás zvalchuje, třeba máte klacek, o němž se domníváte, že jest to rapír. Holečku, můj Antonín nestrpí, aby se s jeho manželkou mluvilo lehkovážně."

Přívětivý plavčík

Zatím se neděle blížila k deváté a na plovárnu vešlo několik dam, jež za každého počasí byly pamětlivy péče, jíž vyžaduje dobrá tělesná správa. Antonín je pozdravil co nejokázaleji.

„Vejděte," řekl, „vejděte bez zdráhání. Nedejte se odstrašiti chladem, jejž pociťujete. Abbé a major označili dnes koupel za vlahou."

„Dobrý den," pronesl Hugo, „dotýkaje se svého klobouku."

„Dobrý den," odpověděly s nyvým úsměvem, neboť major měl pověst prostopášníka.

„Odeberte se na vyhrazená místa," děl plavčík, „zde jest kytlice; jíž potřebujete, žínka a mýdlo. Kdyby se vám něčeho nedostávalo, volejte třikrát, abych vešel včas."

„Můj muž," pravila paní Důrová, „je potrhlý, nicméně zná svá práva a ví, jak jich ostříhati."

„Kdyby svá práva ustřihl, kdyby je oddělil řezem, kdyby je spálil nebo utopil a kdyby se jich krátce zbavil; byl by mistr, ale takto je jenom Antonín."

„Zajisté," odtušila opět paní, „je Antonín, neboť já jsem Kateřina."

„Hurá," děl abbé, „vidím, že jste si osvojila něco logiky, jež mne odzbrojuje."

Výstraha

Zatím se přišlé ženy svlékly a stenajíce vstoupily do vody, jež dolehla na jejich hyždě jako prut.

„V tomto společenství," pravil Antonín, usedaje zkusmo na kanovníkovu knihu, „se nám bude lépe rozmlouvati.

Jsem jist, že abbé zapomene svých metamorfos, patře na ženštiny; které po celé pětiletí nepřekročily třicátého roku: Vaše trvání v stavu, majore; je přítomno co nejdokonaleji."

„Odejdu," děl major, „neboť je pravidlo, že některá z těchto dobrých-plavkyň tone právě před námi. Buďte řízní v případech nutnosti a opatrní; pokud jde a nezletilé."

Kanovník namítl, že si není třeba někoho všímati, nicméně Hugo složil své krabice a nepomýšlel již na rybolov:

„Majore," děl Antonín, „nechoval jsem se k vám nikdy příkře, avšak bojím se, že teď budu nucen, abych vás zdržel násilím. Je třeba, aby tyto lázně, tento prokletý vor, byly zalidněny aspoň zvenčí. Jste mi vhod svou tváří statného padesátníka, pokud tu sedíte. Mohu přehlédnouti prut a vaši honbu za rybami v svém okrsku, avšak nesnáším vás na druhém břehu. Snad byste nechtěl, aby tyto ženské vylezly z vody a aby moje plovárna zůstala prázdna až do večera! Snad byste nechtěl přivoditi zkázu mému podnikání!"

„Zdá se mi," pravil major, čině odmítavý posuněk, „že nás ztotožňujete s volavkami, s nimiž se setkáváme v hostinských živnostech. Zdá se mi dále, že jste si příliš jist naší snášenlivostí!"

„Snášenlivost," děl mistr, „je vlastnost všech vojevůdců."

Kouzelník Arnoštek

Za těchto hovorů šel proslulými vrbinami kouzelník Arnoštek, jenž právě přibyl do Varů Krokových. Znamenaje, že je zmlácen dalekou cestou a špinav, a spatřiv koupadlo dosti útulné, po krátkém váhání slezl na cestičku, přešel uzounké prkno a mimo nadání se octl na plovárně.

„Vidím," že se vyjasňuje a k polední že bude vedro, řekl Antonín, „svlékejte se, pánové. Avšak vy, který jste přišel, posečkejte, pokud se neochladíte, neboť jste uřícen."

„Tak," odvětil Arnoštek, „tak, vy jste, pane, ťal do živého. Víte, že jsem se po celý týden neohřál leda u své svíčky? Jsem kouzelník Arnoštek a vzhledem k drsnému podnebí (neboť přicházím z jihozemska) každého večera se dotýkám plamenem různých míst svého tělesného povrchu."

„Ach," pravila paní Důrová, „to jste vy, o němž od včerejška mluví celé město? To jste vy! Vy, pane, jak se dovídám, jste polykač ohně a týž, jenž pobýval v Paříži a přichází z Nizozemska."

„Byl jsem tam všude," odpověděl kouzelník poněkud nejistě, „ale, jestliže se zde o někom vypráví, nejsem to asi já! Přijel jsem o deváté vozem. Naše stanoviště je na náměstí. Odtud, pobyv jen několik chvil v úřadovně páně strážmistrově, jsem šel do těchto říčních lázní. Je-li zde však podvodník, který se vydává za kouzelníka, budu nucen, abych odešel, aniž uspořádám představení, a aniž se vykoupu."

„Nebuďte netrpěliv," pravila paní. „Kdo říká něco takového? Jste zde a zůstaňte na svém místě.

Ti mužští," doložila, odnášejíc kartáč a štětičku dámám, které jích požadovaly na svoji pleť, „ti mužští jsou nedůtkliví. Sotva jsem řekla kouzelníkovi, že je kouzelník, již vyvádí, jako by jim nebyl."

„Kouzelník, jako kouzelník," pravily dámy, užívajíce

kartáče. „Je to vždy chlupáč, který před obecenstvem žvýká střepy a z rukávu tahá devět paruk."

„To nevím, pravila Kateřina Důrová, avšak na rozdíl od zdejšího lidu pan Arnoštek je kadeřavý a nezdá se, že má zálibu ve zbraních ani v učenostech."

Kouzelníkův zevnějšek

Zatím si Arnoštek rozepjal kabát a svlékl se odkládaje oděv část po části na hřebík a na petlici.

Konečně vyšel, zjevuje útlá bedra a hrudní koš, vyvstávající na zad o půl pídě. Byl oděn krásným trikotem flanderským a nepotřeboval plavek.

„Tento oblek je snad vhodný pro jiné chvíle," pravil major, „avšak proč bychom ho nepřipustili?"

„Je příliš rozpustilý," odtušil abbé, „a ve vašem zájmu je, Antoníne, abyste svému hosti navlékl nohavice. Což nevidíte jak zpod trika vyvstávají všechny údy a nevidíte, že je triko růžové? Růžová barva je barva selat."

Antonín odnášel zbytky jakéhosi oběda, maje na širokém prkně hrnec na hrnci a talíř na talíři, avšak jak uslyšel řeč kanovníkovu, obrátil se se svým nákladem, aby mu odporoval.

„Tu to máme," děl, uzavíraje svoje vypravování, „je-li růžová barva barva selečí, je učenecká šeď a čerň barva potkanů."

Nevýřeční profesoři

„Proklatě!" pravit major. „Mistře, vy se nedáte jen tak zhola. Čím to je, že jste tak výmluvný?"

„To jest," odpověděl, „z mnoha důvodů. Mohu vám z nich říci nejvážnější: je to proto, že nejsem knihomol.

Před pěti nebo šesti léty bydlil zde profesor Karlovy university, muž rozvážlivý, písemný půtkář a člověk, jenž potřásat literaturou starou i novou, a víte-li pak, že nedovedl říci souvisle číslo kabiny, kde se svlékl. Od těch dob soudím, že vzdělání tohoto druhu je na obtíž, chceme-li se vyjadřovati."

Geniové málo sliční

Na těchto hovorech kouzelník Arnoštek neměl účasti. Stál, jsa opřen o brlení plovárny, stál, maje nohu přes nohu, díval se a mohl si pokuřovati. Krátce, stál dívaje se a díval se stoje.

„Vidím," děl major, „že křivý hrudník nezbavuje kouzelníků sebevědomí."

„Nejsem si jist, jak se věc má s kouzelníky, ale je pravda, že Byron kulhal. Je pravda, že Homeros byl slep. Sokrates že měl zvířecí tvář a zemští inspektoři že jsou koktaví," pravil abbé.

„To jest podivuhodná libovůle," doložil Antonín, „což nelze stanoviti typu jednou a navždy?"

Rozprava kouzelníkova s paní Důrovou

Zatím Kateřina, jíž nebylo více třeba v oddělení dám, přišla, vlekouc kbelík špíny. Když jej vylila, dala se do hovoru.

„Toto léto je málo podivuhodné. Včera pršelo a jestliže se nemýlím, bude dnes pršeti rovněž. Je v Nizozemí také tak mizerné počasí, pane?"

„O něco lepší," odpovědět Arnoštek, „avšak v neděli, jak by smet, pršívá. O desáté se déšť spustí a trvá až k poledni. Nato se vyčasí a všechno obyvatelstvo spěchá na představení, neboť v těch končinách lid tuze baží po vzdělání."

„Hleďme," pravila paní, stavíc nádobu, „je toto pravidlo bez výjimky? Což nejsou v Nizozemí lázeňští mistři, kteříž by obchodovali co nejvydatněji právě tehdy, když se vyčasí? Což pak je dovoleno, což pak se smí, pokud se týče ztrát, jež z toho plynou, opouštěti plovárny? Můj manžel by nešel. Můj manžel by nešel, ani kdyby se bubnovalo na buben posledního soudu. Můj manžel je hrabivec!"

Kouzelník mínil, že je to trestuhodné a paní přisvědčovala.

„Tak jest! Tak jest! Nepřestávám to opakovati den co den. Avšak víte snad, která z příčin to zavinila?

Dožil se padesátky neopouštěje Krokových Varů, čte a píše téměř bez obtíží, ale zvláště je vzdělán v cvicích tělesných, neboť neustává v cvičení ani na večer, kdy je čas na spaní."

„Zde," děl Arnoštek, „je kámen úrazu. Chtěl bych se vsadit, že se cvičí prostě, bez oduševnění, na vlastní škodu a na prospěch nezdravé vášně, aby vydělal."

Malá ukázka Arnoštkova umění

Řka to Arnoštek se přiblížil k majorovi, jenž vyňal svůj chronometr.

„Hle," děl zastavuje se nad hodinkami, „zabývám se cviky, jež jakkoliv jsou tělesné, mají přece do značné míry povahu duchovní. Hle, dám zmizeti této věci, aniž postřehnete, jak a kam zmizela. A přece nebude to více než hmat, hmat, jehož jsem se dobral dlouhým rozmýšlením a mnohou úvahou."

Tu kouzelník kýchl a pánové odstoupili o půl kroku. „Nuže," mluvil dále, zíraje do prázdné dlaně, „mohl byste mi říci, pane, kolik je hodin?"

A než Hugo zaklel a než se kanovník mohl obšírněji vysloviti, Arnoštek nadýmaje tváře vytáhl chronometr z úst.

„Br," dodal osušuje stroj loktem, „cítím mražení na šešulce mezi oběma polokoulemi mozkovými a slyším rány nikoliv nepodobné velikonočním zvonům, neboť tyto hodinky ze skla a z kovu mi zachladily lebeční nitro a vzbouřily je svým tikáním."

Nemírný obdiv

„Ouvej," vzkřikla paní Důrová nezachovávajíc míry v svém obdivu. „Vy jste měl tyto hodiny uvnitř hlavy? Tyto cibule ukrutníkovy?"

Uznání majorovo

„Vaše umění je dostatečné a zasluhuje si odměny," pravil Hugo. Znamenaje pak posunek Arnoštkův a nevoli kanovníkovu, dodal: „Je to moje mínění, jehož nesdílíte aniž ho můžete změniti.

Pokud jde o dnešní dopoledne," děl obraceje se opět k Arnoštkovi, „můžeme vám nabídnouti leda něco uzeného zboží, to jest pět vuřtů a hlt rumu."

„Zmínil jste se o vuřtech, pravila paní přicházejíc rovnou ze špižírny Důrovy, a chcete je platit. Zde jsou."

Kouzelník letmo naznačil, že tomuto jídlu uvykl a že je miluje. Potom obkročiv lavici, snědl třikráte po dvou kusech prudce a bez rozpaků. Nakonec, když si byl utřel ústa, napil se rumu.

Cizina nenávistná

„Ach, ach, ach," řekl stíraje špetku cibule, „nemyslil jsem, že v těchto odlehlých končinách se shledám s muži tak pokročilými. Moje obecenstvo; pokud jde o projevy uznání, bývá toporné a někdy rozdává, co se nejí.

V Mülhausenu a v Schenewidenu byli by mě málem ztloukli pokřikujíce, že jsem zcizil prstýnek paní starostky, jenž nebyl k nalezení. Nicméně nezavinil jsem tohoto nedopatření. Přišel vniveč jako mnoho jiných věcí veřejného statku."

„Jděte," pravila paní Důrová, „jak to bylo?"

„Takto," odpověděl:

„Schenewiden je štýrské město a Štýřané jsou národ, který si věčně prozpěvuje a věčně se štíří. Stanuv podle starobylého obyčeje všech kočovných herců na náměstí, jal jsem se hotoviti několik kouzel, přistupuje ke skupinám dam a dítek, kteréž jsem vesměs chválil pro útlá hrdla, neboť byla volatá. Někteří netrpěliví chlapíci mluvili o počasí, avšak hleděl jsem si svého a vyvaroval jsem se hádek."

„Hleďme," pravila paní Důrová, „je zřejmé, že nejste práč, avšak co bylo s prstenem?"

„S prstenem?" odtušil. „Vzal jsem jej lehce, kradí a bez

okázalosti. Vmetl jsem jej v prostor a znikl. Ale Štýřané, ta chamraď věčně nedůvěřivá, ačkoliv arcibiskup sídlí dosti blízko, mě šacovala po dvě hodiny. Byl určen policista, jenž měl sledovati všechny moje tělesné kony. Na štěstí jsem ho zapudil právě včas. Zbyl jsem se svého strážníka pozměniv ho v pouhý chochol."

„Ach ovšem, lidé jsou hrubci," pravila Kateřina a vztahujíc prst proti své jemnocitné hrudi a proti prostomyslné hlavě dodala:

„Nechte jich. Jen jich nechte, ať se zalknou svými chybami. Ať se chovají neslušně před arcibiskupem, o němž jste pravil, že je blízko! Nakonec je spraží a zanechá jich bez útěchy!"

„Trest kráčí vzápětí za hříchem, řekl major, avšak vraťte mi moje hodinky, nepřeji si nic méně, než abych byl hrubý, jako jsou občané mülhausenští."

Arnoštek měl na jazyku dvě nebo tři souvětí, jež zvolna plynou, ale když nebylo zbytí, vyňal stroj z nejhlubší kapsy.

Plynoucí čas

„Hodiny prchají," pravil, „a není v mé moci, abych je zadržel.

Pojďme, blíží se poledne a moje nástroje leží doposud svázány na voze."

Když to Arnoštek řekl, natáhl si nohavici a kabát na flanderský trikot, doposud suchý, dal se do důtklivého zvaní a rozloučil se uctivě se ukláněje.

Abbé a major vyšli za ním.

Příměř

„Hle, hle," pravila paní Důrová, co kouzelník zapínaje svůj
šat procházel vrbinami na městskou cestu, „hle, hle!"
Tvoje opičáctví s tyčí, skákání, hluboké vdechy, knižní
hatlanina kanovníkova a kobylkářství majorovo, to vše je
na hromadě. Pan Arnoštek je švarný chlapík! Kdepak,
kdepak by se vzalo ve vás tolik roztomilosti.
Všiml sis, Antoníne, jeho rozpaků a jeho ruměnce, když
mu major nabízel tak neomaleně jídlo?"
Mistr vzal láhev a neodpovídaje, zvedl ji proti obloze.
„Ano, děl po chvíli zevrubného šetření, ano, je to zdatný
člověk. Najedl se, hojné se napil a nezaplatil vstupného."

Soumrak a večer

V krajině Krokových Varů se nadcházející noc opovídá
obvyklým šeřením, jako tomu bývá v končinách daleké
Prahy. Místa od přírody stinná, soutěsky a úžlabiny
ztemnějí, co starosta obce, jda touže dobou otevřeným
prostranstvím náměstí (jestliže městské hodiny
nepředbíhají) neznamená krásných znaků večera.
Podle ročního období, v svůj čas, noční temnot slétnou s
korun stromů, kde hřadovaly od včerejška, kout chladu se
otvírají a prostor, který má černá křídla, se hrne do
městské nádoby.
Rozšafní lidé mlknou a nepromluví, dokud nepojedli. Je
noc a starosta doznává, že nastal večer a že došlo na jeho
slova, neboť to předvídal.
Je noc. Před domy usedají vyžlovité panny a hledajíce v
zenitu večernici praví: Omnia sumus sine sole.

Ale chválabohu, všude jsou dobré útvary hostinské, jež ve dne zívají dveřmi, večer však jsou dočista dokořán a dobře osvětleny.

Výčet jídel

Pan Důra, major a abbé vešli do staré hospody U čtrnácti pomocníků a vedli si vesele.

„Jezme a pijme," řekl Hugo. „Dejte sem večeři! Tučný sýr, zvěřinu, ptáky, jehňata, vše, co se líhne živé, a vše, co se líhne z vejce. Dejte sem vše, co zraje jedlého, vše, co je oploutveno, a všechny druhy plžů, kteří se požívají ve vzdělaných zemích. Dejte to sem! Je večer, země se otočila a tu bývá obyčej jísti."

„Majore," děl abbé, „stal jste se žroutem nebo mluvkou? Chcete ukázati zuby nebo jazyk?"

„Kdybych se vyznal v řeči, mlčel bych, jako mlčíte vy, abbé," odvětil Hugo. „Budiž, nenutím vás, abyste se ujal svého nástroje, avšak jezte!"

Kanovník poznamenal, že mu není volno, mluví-li se příliš, a Antonín nabíraje sběračkou polévku řekl: „Není vám volno? Vždyť jsme sotva počali s večeří.

To jest," dodal obraceje větve svého kníru k abbému, „následek špatné životosprávy. Příliš přemýšlíte! Přemýšlíte i při večeři a to jest druh nepřiměřeného obžerství." „Tak mi to promiňte," řekl kněz, „proč počínati novou hádku?"

„Proto," odpověděl plavčí mistr, „proto, že se zahubíte. Protože je vám padesát let. Protože setrváváte v špatných zvycích.

Kdybych vězel pět minut po uši v své vodě, tahal byste

mne ze všech sil. Nuže; smím vás aspoň napomenouti, jestliže se vy topíte v omylu daleko horším, než je voda?"

„Vaše představivost," děl major, „je obludná, Antoníne. Cožpak vám tato vinná láhev připomíná Orši?"

„Ne, ne, ne. Nebo ano, ano."

„Kdepak je asi sůl?" „A ocet?"

„Pamatujete se, jak jsme solívali za starých časů topinky se sádlem?"

„Ach, ouvé!"

„To jsou, to jsou ty jazyky ciceronské s uzdičkou a bez uzdičky, když se přešmikne!"

Major, abbé a Antonín jedli a zapíjeli vínem. Rybu, mísu skopového, talíř špenátu, srnčí kýtu s trochou brusinek, chřest, špetku salátu, koláč, drobet kompotu; ovoce (hrome, hrozny doposud neuzrály) a devět sýrů.

„Platit!"

„Dejte sem účet, sklepníku, a novou láhev. Nespěchejte z přílišné ochoty, neboť víno je nositi dobře!"

„Dejte to sem! Dobrá. Zde jsou peníze."

„Pánové, můžeme jíti," řekl major, „neboť pokud se pamatuji, jdeme na představení kouzelníkovo." „Hleďme," pravil Antonín, „byl bych na to zapomněl, právě jako vy, abbé. Chci se vsaditi, že Arnoštek čeká a že se ohlíží po vašich kloboucích, postrádaje i mé čepice."

„Byl bych na to zapomněl jen z ochoty k vám, „doložil abbé," neboť jsem viděl, že jste pili více než s chutí." „Vypil jste půl láhve, a jestliže jste ji vypil bez chuti, tím hůře pro vás," řekl major.

„Tím lépe, tím lépe. Nechci ani mysliti na to, jak by věc šla vpřed, kdyby měl abbé žízeň."

Řka to, Antonín si rukávem utřel vousy a zmocnil se

kytice, jež trčela uprostřed stolu.

„Pojďme," pravil Hugo. A vyšli.

Náměstí, tento výtvor století XVIIL., doplňovaný hrůzyplným stavitelstvím škol uměleckého průmyslu, s temnými kupami platanů a se zářícími stromy svítilen, majíc korunu z hvězd, bylo málem krásné.

Má satan vidle?

„Kdyby za námi stál váš ďábel, abbé," pravil Antonín, „mohl by kteréhokoliv z nás napíchnouti na vidle, neboť není pochyby, že se nám líbí ženské a že spěcháme ke kouzelnické kratochvíli.

Ejhle toho darebáka Arnoštka, běhal po celém městě vychvaluje své řemeslo, neboť odkud by se vzalo tolik lidí?" „Čeho se to domýšlíte, Antoníne," odpověděl kanovník, „nemám ďábla a ďábel nemá vidlí."

„Proklatě! vy zpustlíku," vykřikl major, „představujete si všechno zvráceně. Mistr se nemýlí. Ďábel drží pevně násadu vidlí a Arnoštek opravdu zběhal celé město.

Tak jest," dodal, když jakési děvče přešlo přes cestu tří přátel vzbuzujíc touhu smíšenou s bolestí, „hezkých holek je rovněž šlakovitě málo, avšak jsou. Každá z nich. má svůj nástroj a všechny, pokud se vyskytují v Krokových Varech, jsou tu přítomny."

Ženské nestojí za řeč, nicméně mistr a major mluvili o nich obšírně a bez ustání.

„Hleďte," děl Antonín pozoruje dívku, jež spěchala mimo, „chtěl bych závazně a pro věčné časy stanoviti poměry lýtka vzhledem k stáří a vzhledem k tělesným objemům."

„Nechte toho, nechte těch darebáckých úvah a spěchejme;

představení se již počalo."

Tu si přátelé podali ruce a zachovávajíce krok, šli jako se chodívalo, dokud platilo dobré pravidlo:

levá, levá, levá!

Antonín kráčel uprostřed. Antonín dosti veliký, aby zhášel lucerny bez žebříku, nepřehlédnutelný, vzpupný pro své rozměry, mluvka, nedočkavý a bez peněz. Antonín, jemuž mlčení nebylo příkazem, jal se tu uvažovati o kouzelnících, přepínaje trpělivost svých přátel a hrubě se mýle v podstatných věcech.

Úvaha o kouzelnících

Není pochyby, že měchatá veřejnost a boby obojího pohlaví lají podivuhodným kouzelníkům, kteří chodí v pustinách a na křižovatce točí kloboukem. Není pochyby, že těmto lidem jest utíkati, kdykoliv je někdo honí, že se neobracejí a že jsou mdlí, když dojde na pěsti.

Kdo jste je viděl, jak ve veselém zápolení vytnou políček obecnímu starostovi? Kdo jste je viděl, jak jedí z hluboké misky primátorovy?

Jsou na útěku po lesích hledající dobrodružství ve skupinách ženců, kteří odpočívají u pramene vody. Jsou na útěku pustou vsí provádějíce v chůzi a v běhu dvě nebo tři kouzla před ženami, jež o žni hlídají hejna a nepřestávají počítati svých kuřat. Jsou na útěku až do dne, kdy jejich nevinná ztřeštěnost se skončí pěknou krádeží, vědeckou prací, odbojem nebo vládou.

A tu, majore, a tu, abbé, kouzelník, jenž zmoudřel, si obuje rukavice a vsadě si vydutý a tuhý klobouk na hlavu, konečně učesanou, stává se, čím se mu zachtělo být. „Vaše šlechtictví, majore, bylo vynalezeno jakýmsi potrhlým šejdířem, jenž byl bit více než zasluhoval a více než by snesl obyčejný člověk. Praotec vašeho stavu byl silniční kouzelník, jenž si pomohl vhodnou zlodějnou a později se rozmnožil legální cestou.

Žel, majore, vy nejste již dosti vynalézavý, abyste mohl býti baronem. Žel! vaše statečnost opakuje leda několik postojů ze starých kousků těch darebů, pro které mluvím. Majore, nejste přesvědčen, že vše, co vzniká, jest z hravosti a z odvahy těchto lidí těkajících v poli, kteří nerobíce ani knih ani věcí užitkových mají dosti pokdy, aby blábolili jako bůh a řadili věci v překvapující sled? Abbé, nevidíte, že Arnoštek jež rodu Publia Ovidia Nasona, jehož jste zhnětl svým ukazovákem?"

„Proklatě," odpověděl kněz, „cožpak si, mistře, myslíte, že podstata básnictví je krádež?"

„Kdo mluví o krádeži," řekl opět Antonín," takových věcí jsem si nevšiml, ani když se udály v mé přítomnosti. Chtěl jsem však říci toto:

Míra dálky je toulka, míra hojnosti je hlad a hra předchází před činy. Je rovněž pravda, že čas, který se měřívá vězením, lze měřiti stopou - a hrome! Ať je to stopa daktylská, při níž se vesele kráčí!"

„Hle," řekl abbé utíraje si čelo šátkem, „vám se, Antoníne, mění povaha, neboť pozoruji, že mluvíte pro básnictví."

„Snad ne! Snad ne!" vykřikl Antonín postrašeně. „Neměl jsem nic podobného na mysli. Zapomeňte, abbé, jestliže jsem přece něco takového řekl."

Začněte!

Zatím přátelé došli na stanoviště kouzelníkovo. Bylo tu hodně lidí. Nad zástupem, připomínajíce zkřížené meče, stály dvě vidlice, mezi nimiž byl napjat provaz. Konce tohoto provazu, stažené dolů, připevňovaly kolíky jen velmi ledabyle. Hugo, jenž viděl tuto závadu, chtěl ji opraviti, avšak abbé ho zadržel a řekl: „Nechte toho, nechte toho, majore. Obratnost kejklířská nevyžaduje solidnosti, po níž bažíte. Mám pro to jakýsi skrytý smysl a domnívám se, že tento lehký uzel je pro Arnoštka s výhodou."

Abbé ještě nedomluvil, když se ozvaly hlasy kolovrátku, jenž po věky bude připomínati harfy, bubny; píšťalky a puklice andělského kůru. Tu kanovník zvážněl, major čekal bez znepokojení a Antonín se jal poklepávati nohou.

Některé ženské měly naspěch a vedly si neslušně šťouchajíce se lokty. Byla z toho tlačenice, při níž tu a tam nezletilá děcka vylezla na stromy, aniž hodlala platiti vstupného a býti zticha.

Blížila se devátá a soumrak se stával tmou. Arnoštkovy lampy, podobajíce se okovu, do něhož kovář strká žhavé železo, syčíce prskaly něco jisker málo zápalných. Kolovrátek vřeštěl, zástup ropotal a Antonínovi bylo do zpěvu. Zatím Arnoštek znamenaje, že lidí více nepřibývá a že je nutno počíti s představením, vyskočil ze svého vozu a čekal jako dveřník, co zvolna sestupovala dívka, jejíž tvář byla skryta pod maskou.

„Žil jsem dosti klidně," řekl Antonín, „a nesnáším vzruchu. Cožpak není hezká? Chybí jí něco? Probůh, snad to není karcinom!"

38

„Jděte k šípku se svým oslovstvím," děl abbé vystupuje poněkud na špičky, „vy entuziastický lékaři, jděte mi k šípku!"

„Víte co, Antoníne," řekl major, „vidím, že slečna má v ruce dvě misky a že vybírá peníze. Až k nám přijde, požádáme ji, aby sňala své pouzdro."

Výběrčí

„Sláva," odpověděl Antonín, „abbé, připravte si drobné!" Dívka, jež neměla jiného jména než Anna, šla ulicí diváků přijímajíc mince, jež nepadaly zhusta a jejichž hlas pravil, že nejsou ze zlata a že je nouze. Došedši pod strom, kde se usadili kluci, zdvihla své misky až k nim a tak, že její údy tvořily přímý úhel, jenž je prubířský kámen krásy. Tu bylo zřejmé, že má dokonalá ramena, chlapeckou hruď, dobře utvářené nohy a že je útloboká. Avšak některé staré ženské, které ničemu nerozumějí, pravily, jako by ji poznávaly:

„Ach, ta se jmenovala za svobodna Nezválková a její otec, jenž byl veliký hříšník, všechno uměl a skládal krásné básně."

Dívka zachovávajíc půvab, nepříslušný chvíli, kdy se jí nedostalo ani měďáku, kráčela k Antonínovi, který byl nejpřívětivější a zřejmě šlechetný.

„Tyto stromy," děl ukláněje se, „jsou pouhá pláňata a nenesou ovoce. Naštěstí můžeme opraviti divokou přírodu. Pánové, máte přichystán svůj tolar?"

Abbé nebo major byli by Antonínovi zajisté podstrčili peníz, jejž mohl spustiti okázale do dlaně Anniny, avšak mistrovo zdraví nebylo rozpačité. Nedávaje nic poklepal prstem na plech misky a usmíval se nad nesnází, o níž je lépe mlčeti než mluviti.

Anna poděkovala zdvořile a rozumně všem třem pánům, a nežli ji major požádal, aby odložila svou masku, učinila tak sama. Dívala se nikoliv bez zalíbení a bez vhodných rozpaků z jednoho na druhého a pravila: „Barva této škraboušky, jak vidíte, je červená. Byla zvolena namátkou, ale podržím si ji, neboť se mi zdá, že vám nepůsobí nelibosti."

„Byl jsem to právě já," odpověděl Antonín, „kdo si stěžoval do tohoto způsobu úpravy tváře. Je dostatek zdravotnických námitek a někteří auktoři je uvádějí v přesvědčujícím množství, avšak je dosti času, abych je vyjmenoval?"

Řka to, Antonín se naklonil k uchu Anninu a jal se jí prudce a naléhavě cosi šeptati.

Společenské poklesky

Mluviti šeptem je neřest odsuzovaná všemi dobrými knihami mravoučnými. Bylo jí po zásluze vyspíláno v katechismech a od těch dob kdekdo se varuje mluviti šeptem mimo chrám a veřejné místnosti.

Když se Antonín dopustil tohoto poklesku, měl jej přejíti mlčením ustanově se, že se na příští časy vystříhá všeho podobného. Avšak bylo souzeno, aby klopýtl dvakrát.

„Dosti," pravil major poklepávaje mocně na mistrovo rameno, „slečna, jak vidím, pospíchá a nemůže odpovídati."

„Věru," přisvědčila Anna, „čas je příliš krátký, popilme si."

Řkouc to, povzdechla, a dotekši se zlehka Antonínova

lokte, odcházela s miskami ke skupině mladíků, jež ji
přijala stejně vlídně a s dvorností.

Veliký bubeník

Několik starých pánů, kteří stáli vpovzdálí hovoříce o
změnách povětrnostních, zanechalo svých rozprav a
blížilo se zvolna a odhodlaně k divadlu.
Kolem žen, jež sem přišly s nahými lokty, se úžily
prstence přátel, neboť tma houstla. Počínaly se pěkné
rozhovory, lidé si zjednávali místo vpředu a maličký
zástup se pokyvoval v bocích.
Zatím se Anna vrátila k vozu a Arnoštek oděný proslulým
flanderským trikotem zamával paličkou a rozvířil buben
tak silně a tak obratně, že zněl po čtyřicet vteřin úvalem
Orše až k okrajovým pahorkům. Potom vmetl svůj nástroj
do veliké výše a tak, aby jej Anna mohla zachytiti, když
padal. Sotva se to stalo, Arnoštek nečině již okolků vylezl
po žebříku a usedl na vidlici, kde měl pěkné sedátko, aby
popadl dechu.
„Jen zvolna, pane. Všeho moc škodí," řekl jakýsi
pochybovač, ale byl okřiknut, aby mlčel, že se kouzelník
vyzná v své věci.
V tu chvíli se opět ozval kolovrátek, a co si abbé a major s
trochou lítosti uvědomovali, že jeho klikou otáčí Anna,
Arnoštek povstal, a uchopiv tyč (již je držeti v
rozpažených rukou), přeběhl rozhněvaně provaz po celé
délce.

„Tato dovednost," pravil Antonín, „je málo podivuhodná. Chcete se vsaditi, abbé, že to provedu stejně dobře bez cviku a bez přípravy?"

Kanovník Roch zavrtěl hlavou neprojevuje úhrnem zájmu ani o představení ani o hovor. Měl hlavu zvrácenu nazad a jeho tvář byla jasná, neboť sledoval některá souhvězdí a některé stálice, s jejichž jmény se obeznámil a jimž uvykl. „Co vidíte na konci mého prstu, je Sírius," řekl. „Snad," odpověděl major, „ale Arnoštek asi spadne. Vidíte ho, je nucen přikleknouti, aby spustil své lýtko a zamával jím. Tento kousek patří k dobrému představení, avšak svedou jej snáze lidé lordotičtí a kdož mají v pořádku stehenní natahovače."

Nicméně kouzelník vstal aniž se zapotácel. Potom vykonav několik pochůzek, vyňal z krabice, již připravené, třírohý klobouk, vrátil se do středu své úzké cesty a hrůzně ji rozkmital.

„Vizte," děl abbé vzhlédnuv na kouzelníka, „není posedlý? Nepodobá se čertu, jenž skáče na svém ohonu?" Sotva to dořekl, Arnoštek neustávaje v pohupování jal se kouzliti líbezné ohnivé květy v kytice ohňů.

A to vše vylétalo z jeho klobouku na odiv lidí, již hlučeli a vřeštěli, tleskali, báli se, povykovali a tajili dech. „Vstal jsem velmi záhy," řekl kterýsi starý pán, „ale neodejdu před koncem, neboť hrome, byl by v tom ďas, aby se náš kouzelník nezřítil. Buď má ten chlapík vruby na podešvích a provaz je spleten z provazů oběšencův anebo sletí, jak se říká, jako slíva."

Arnoštek čaroval ze všech sil a za ustavičného poskoku,

jakkoliv byl znaven a jakkoliv z jeho skrání padaly kapky zvící hruškovitého palce, přece měl dost času, aby se rozhlédl a spatřil majora, kněze i Antonína. Přátelé stáli, loket na roubení studně, do které z kruhovitých úst obludné ryby tryská pramének vody, aby zněl v konvích a aby dělil vypravování děveček i myšlenky kanovníka Rocha, jenž nyní sní.

„Zde jsou," řekl si Arnoštek, a míře na hlavu Antonínovu, jal se ze svého klobouku vyluzovati mnohohlasou střelbu. Při této práci kouzelník všecek zrudl a z jeho nitra prosvítal jas.

Krátce, z kouzelníka šel strach, a přece nepřestal! Naopak, vydávaje se ve veliké nebezpečí, dal se do kozelců a metal je k vidlici západní a odtud k vidlici východní. Teprve když znovu dospěl k svému žebříku, sestoupil a klopýtaje téměř bez důstojenství vlezl do vozu.

Plané podezřívání a domluva

„Chci se vsaditi," pravil Antonín, „že tento člověk nás podvádí a že si poznamenal čarou šípovou rovinu, která probíhá podélnou osou tělesnou. Chci se vsaditi, že si takto usnadnil odhadování středu, a že se neřídí podle svého nosu, neboť tento úd je vždy poněkud uchýlen buď vpravo nebo opět vlevo."

„Cítím živě," děl major, „že žvaníte, mistře, zdály se vám snad kozelce nedokonalými?"

„Hledáte-li dokonalost v kozelcích," odvětil Antonín krče rameny, „nemám, co bych řekl."

V tu chvíli zazněl opět buben a zástup ohmatávaje si šíji (neboť je obtížné státi se zvrácenou hlavou) se rozestupoval tvoře stříkance a cípy hvězd, na jejichž hrotech kráčí dvojice těsně u sebe.

„Představení je u konce, je čas jíti," řekl abbé. A vyšli.

Mistr se chystá na hlídku

Doma Antonín seznal, že se paní Důrová právě vrátila z téhož divadla a že pomýšlí na spánek.

„Dnes," pravil zíraje oknem k jasnému měsíci, „je tmavá noc a spousta ničemníků má asi zálusk na tvoje podušky, na tvoje pláště, utěrky, mýdla a na ostatní pomůcky plovárenské. Lehni si bez starostí. Půjdu je hlídat. Strávím noc ve veliké kabině na loži, které je tvrdé, ale nechť, budu spát lehounce a na půl oka."

Stížnosti Kateřininy

Když Antonín zavřel dveře, paní Kateřina Důrová usedla na okraj postele a pohrávajíc si střevícem nikoliv nejmenším jala se uvažovati:

Protimluvy tohoto lehkomyslníka jsou dosti zábavné, avšak úhrnem mě můj manžel trápí a působí mi hoře. Jsem nešťastná pro nepatrnost jeho rozumu, jenž se zbřídil v službách odporného těla, avšak je rovněž pravda, že můj manžel chrápe od večera do rána, aniž chvíli před spaním uvažuje, co bude zítra. Je to spáč a nadto nemírně pije.

Tu se paní Důrová rozpomněla na několik poklesků, jež byly dosti mrzké, aby ji rozhněvaly, a pohodivši svůj střevíc jala se tlouci do peřin.

„Nuže," děla si volným jazykem lidu, „kdo by mi zazlíval, když majíc ducha rozjitřeného příkořím a truchlivou nedostatečností hledám a pídím se po maličké přísaze, po kratičkém horování, jehož se mi (na věčnou pohanu) ve svazku manželském nedostává."

Potom obrátivši se ke zdi v poduškách, jež byly pruhovány, jakož se sluší praporu tygřic, budovala si několik představ o dokonalosti Amoštkově.

Spatřila jej, jak se usmívá zpod svého klobouku, jak kráčí maje hlavu pěkně schýlenu k rameni a konečně jak si opírá přemýšlivé čelo dávaje zářiti prstenu na ukazováku.

Neklidné snění

Některé živé milostné sny se snášejí v úsecích nocí jako rána a dopadnouce působí rušivě až do svítání. Tím se vysvětluje, že spánek lidí zamilovaných bývá přerýván a že není vydatný. Milenci procítají již za kuropění, a byť si mnou oči až k slzám, a byť se nutí počítati od jedné do sta a od tisíce do padesáti, přece neusínají.

Naštěstí starší školy básnické učinily milencům úsvit dosti krásným a ti z nich, kdo znají cenu dobré literatury; čas od času jej vyhledávají.

Nuže paní Důrová zdvihla svoje střevíce, a oblékši plášť, přistoupila k oknu. Bylo na třetí hodinu zrána a šedé svítání se sotva započalo. Nábřeží bylo pusté a řeka tmavá, neboť do ní právě vstupovala noc.

Paní otevřela vyhlídku jsouc na pochybách, není-li mýlka a nesmysl, že se vstává tak záhy.

Dům a zvyky Antonínovy

Důrův přístřešek stál v řadě domů málo významných a

neúhledných, vyznačuje se samojediný pěkným žlabem a vraty s kovaným zámkem. Tento zámek hlučně zapadal a otvíral se klíčem o málo menším, než je kotva. Věru, bylo obtížné nositi jej v kapse a Antonín odcházeje nechával vrata nezamčena a ženu v nebezpečí.

Paní Důrová znala dopodrobna zvyky manželovy a tu, když se jí zachtělo vyjíti a když mimo nadání nalezla vrata zavřena, zabušila do nich pěstí a řekla:

„Ach, toho starého pošetilce, toho osla, jenž se domnívá, že mě zavře, aby mohl bez zasloužené odplaty tropiti své výtržnosti! Jenž mě zavře, aby se mohl toulati po nocích! Ba co dím, aby smilnil! Neboť jsem si jista, že tento ohavník nalezl poběhlici, jež se s ním dorozuměla. Nu ovšem! Nu zajisté! Tím jedině lze vysvětliti jeho bezbožné manželství."

Kletba

Řkouc to, paní nemařila času hledáním druhého klíče, neboť bylo jisté, že ho nenalezne, a měla se k odchodu: Sňala kořenáč z okna, vylezla nahoru a odvažovala se skoku.

„Buď proklet tento stav," pravila si sedíc nejmenší částí těla na okně a kývajíc nohama, co smutná a chabá její sukně splývala podél zdi, „buď proklet tento stav, v němž se mi nedostává všeho mimo potupu a ukřivďování. Mohla jsem voliti z pěkné smečky chlapíků a hle, co jsem si vyvolila. Chlupatce, jehož kníry trčí jako plátenický loket, když jej pes nese v hubě. Ňumu, který miluje rozpálená kamna, nunváře shánějícího cizí peroutku, třebaže je doma plno peří!"

Tyto myšlenky přiměly Kateřinu k činu. Skočila dolů, a jakkoliv podezdívka nebyla vysoká, dopadla na ruce. Maličká oděrka, již pokládala za pohromu, znovu však Kateřinu rozzuřila.

Mohutná léta devadesátá

Roku 1891 v kterési osadě poblíže východní hranice se urodilo hojnost zemčat. A bylo jich takové množství, že se pod jejich tíhou třáslo bezpočet vozův a že dva páry volků, krav či jiných tahounů jimi nehnulo z místa. „Hleďme!" pravili sedláci zvedajíce ostrý nos zpod štítku své čepice, „hleďme, hleďme! To jsme se dočkali. pěkných časů! Ať nás husa kopne! Vždyť to zmrzne! Vždyť budeme na mizině!"

„Ach, ach, ach! Kdopak nás zachrání? Kdo se nás ujme? Kdo nám to vrátí?"

„Co?" odpověděl starý a dobrácký žid, jenž obchodoval polními plodinami, „co jste to vymňoukli, miláčkové?" Nicméně když se venkované statečně drželi, vyplatil jim po měřici zlaťáků.

A sotva se to stalo a sotva sedláci přijali svůj peníz, jali se bažiti po vyražení, jež by bylo případné a vhodné k jejich majetku a k jejich novému postavení.

Byli by je bezpochyby nalezli v ušlechtilé četbě a po hostincích, avšak kterýsi osadník jménem Blažej Okurka dal všem špatný příklad. Oblíbil si vdovu, kterouž zahrnoval přízní a penězi, vyměřiv jí měsíční důchod dvaceti zlatých.

Tehdy paní Okurková na věčnou paměť a na výstrahu všem špatným manželům svátečně se oděla, a došedši k představenému obce, jenž sázel málo zemáků, měla jej k tomu, aby obeslal a pohnal oba viníky. Nezbednou vdovu i zlého manžela.

Když přišli, paní se velmi rozhněvala a jala se volati plným a jasným hlasem: „Vizte nestoudnici! Vizte marnotratníka!"

Lomila rukama a její pláč drásal starostovu duši. Bylo třeba mnohých laskavých slov představeného, aby se uklidnila, avšak sotvaže se to stalo a sotvaže nabyla vlády nad svým žalem (s očima třpytícíma se doposud slzami), jala se ošemetnici pleskati po tvářích, po hezounkém důlku v bradě a po hyždích. Přejela manželovu čelist starobylým právem rychtářským, jehož se zmocnila strhši je se zdi, kde viselo, a mazala, prala a bušila do nich hlava nehlava a byli biti jako žito.

„Dost!" děl starosta znamenaje, že uplynulo půl hodiny, „jsme staří lidé, odpusťme si, co jsme si. Dejme si hubičku."

Řka to políbil vdovu.

Přišed domů, sedlák Okurka, jakkoliv bylo před polednem, ulehl nežádaje si píti ani jísti, avšak paní, pamětliva jsouc zrady a újmy, co jí osýchaly slzy v záhybech a rýžkách úhledného podbradku, přilehla k němu a nutila ho k věrnosti tak dlouho, až ji odprosil a až jí slíbil, že se napraví.

Tato příhoda je obecně známa, avšak paní Důrová v prudkém hnutí své mysli neměla dosti trpělivosti, aby se dobrala naučení, jež skýtají starší vypravování.

Tak jádro ořechu zůstalo uvnitř a čiš v kosti. Procházejíc vrbovím Kateřina zaslechla několik vzdechů, jež zřejmě nepocházely z hrdla Antonínova. Zrychlila krok.

Luna, hvězda milenců, doposud zářila, u porostech se ozývali ptáci a zdálo se, že bude krásný den.

Paní Důrová nehleděla však na nic. Kráčela krátkým a hněvivým krokem, vstoupila na most, přešla jej vratkou nohou a stanula přede dveřmi velké kabiny, kde byla Antonínova postel.

Leckteré průpovídky jsou s to, aby zchladily hněv a prudká vzplanutí mysli, ale žena mistrova jich nevzpomněla, právě jako neuvážila příběhu o zemčatech.

Za dveřmi bylo slyšeti dva hlasy, a protože pouze jediný z obou mohl náležeti Antonínovi, paní Důrová zabušila na dveře křičíc z plna hrdla:

„Otevři! Otevři, ty zpustlý a namlouvačný hanbáři! Otevři, proudníku, sice vyrazím dveře"

Řkouc to jala se opravdu hledati kopáč, sochor či sekeru.

Věčná chvíle

V kabině nastalo ticho. Míjela hrůzyplná chvíle a Kateřinino srdce udeřilo devadesátkrát.

Pojednou bylo slyšeti pád a jasný cinkot skla.

„Propánaboha" vykřikla paní. „Vy pijete! Pánové! Jste to vy? Jste to vy, pane majore? Jste to vy, pane kanovníku?"

Vedle plovárenského vchodu stávala od nepaměti stará stolice. Kateřina pobíhajíc a udeřivši se do kolenního kloubu o její roh spatřila ji pozdě a tu, aniž zaklela, vzala do náruče tento nábytek a nesla jej ke dveřím kabiny.

Potom, sotva židle stála, vystoupila na ni, a zachytivši se horních okrajů prken, s dychtivostí vznesla svoje velikolepé tělo do výše, aby mohla nahlédnouti horním otvorem do vnitra kabiny.

Tak vida!

V tu chvíli otevřel Antonín dveře. „Chutě, chutě," pravil zachovávaje vážnost, ačkoliv z jeho kalhot crčela voda, „co otálíš, co tu prodléváš. Běž! pospíchej i přines tomuto nebohému děvčeti krapítek teplého mléka a suché prádlo! Obávám se, že je dočista utopeno."

„Jakže," děla paní mistrová přistupujíc k loži Antonínovu, na němž spočívala Anna majíc oči obráceny v sloup a košili přilepenu k růžovému tělu.

„Hrome, vidím, že je mokrá." dodala po chviličce ticha hrubě přehlížejíc Anninu krásu, jež prosvítala.

Zmoudřete!

Na druhý den, když abbé a major přišli na Důrův ostrov, otázali se Antonína, kdo to v noci tonul a koho zachránil.

„Oho," řekl mistr mezi prozpěvováním (neboť Kateřina byla již odešla po nákupu), „vytáhl jsem z Orše maličkou chudinku, děvčátko nikoliv starší než 20 let.

Byla by se, pánové, dočista utopila."

„Dnes při snídani jsem zaslechl jakési řeči," pravil kanovník. „Mluví se, Antoníne, že to byla Anna z vozu kouzelníkova a že jste ji vlekl vrbinami až sem. To nešťastné děvče, majore, bylo prý nuceno vrhnouti se do vody, aby uniklo návrhům nestoudníkovým! Vy mlčíte, Antoníne, souhlasíte, abyste byl veřejně označen za svůdníka a jmín lumpem."

„Máte zcela pravdu," odvětil major, „je dobře míti veselou přítelkyni, znám to. Jejich tlamičky a jejich uši jsou malé a růžové."

Řka to, major zřejmě jsa pohnut se odmlčel a po chvíli dodal: „Pravím, že to znám, avšak čas míjí a věci se zapomínají.

Vy, Antoníne," děl obraceje se k mistrovi, „jste si počínal hůře než lancknecht v městě, jehož bylo dobyto, a abbé vás nazval právem darebákem."

„V mém dobrodružství," pravil Antonín, „není nic ošklivého, neboť Anna je naživu, dýchá a chodí. Slíbil jsem ji něco ryb, a vy, majore, byste mi měl přispěti, neboť – jak jsem si úkradkem všiml – je to opravdu hezké děvče."

Dosti

Slyše to, kanovník vyňal z kapsy Ars amandi P. O. Nasona a udeřil knihou o zemi, takže se zdvihl obláček prachu. Potom se jal abbé spílati a mluvil špatně o literatuře a o knihách řka, že básníci jsou lidé nesmělí, že to řemeslo nezjednává cti a že platí u ženských za onuci.

Když se vylál, zdvihl opět svoji knihu a pravil:

„Výtky, které jsem vznesl proti krásnému písemnictví, neplatí bez výhrady a neplatí obecně. Avšak je nezvratná pravda, že ženské jsou hlupačky a že nikdy a nijak nebyly účastny velikých věcí aniž rozkoší duševních." „Právě tak," poznamenal major zapaluje si doutník, „nesloužily nikdy ve vojště, a jakkoliv se jim líbí přiléhavé spodky a barevné kabátce, nerozumějí vojenství ani za mák. Víte-li pak, abbé, že jsem se nesetkal s dámou, která by znala základy balistiky nebo taktiky a která by měla jakékoliv mínění o těchto věcech?

Pah," doložil, „dovedou kaziti staré rody křížíce se s

největší snadností s potomky šlechty a přivádějíce na svět
čtenáře poštovních knížek.“

Horlivost

Zatím paní Důrová spořádala špíži a vrátila se k Orši.
Antonín ji spatřil, jak přichází, a dal se ihned do velikého
poklízení. Popadl štoudev, nabral vodu, vylil ji na podlahu
plovárny a potom, ujav se provazového víchu, jal se
vytírati louži vkládaje do práce velikou sílu.

„Tento člověk,“ pravila paní Důrová, „je můj manžel a
podvádí mě! Dnes v noci jsem přistihla v jeho posteli
holku.“

„Což nebyla mokrá“ odvětil Antonín.

„Byla,“ vece opět paní, „poslyšte však, jak se to zběhlo. Ve
veliké kabině je dřez plný vody. A do tohoto dřezu, majore,
či do této kádě, abbé, schováváme láhve, aby si nápoje,
které jsou u nás na prodej, uchovaly svěžest a náležitou
teplotu.“

Když paní zevrubně popsala způsob uchovávání potravin
a způsob svého obchodování, postavila se ke dveřím, jako
stála ráno, a opakujíc všechno své počínání jala se bušiti
na dveře.

„Slyšela jsem třesk a zvonění skla, slyšela jsem, jak crčí
voda padajíc zpátky do kádinky. Pohříchu teprve teď
vidím, pohříchu teprve teď je mi jasné, že crčela z
Antonínových kalhot a že si tento cizoložník sedl do vody
jen proto, aby mě oklamal a zmátl: Té nestoudnosti!
Podvedli mě, smočivše si košile a spodky.“

Kdo to byl?

„To by byla zlá a neodpustitelná prorada," děl abbé, „avšak podívejte se na Antonína, myslíte, a je pravděpodobné, že by tento mamlas získal děvče tak hezké? Jste si jista, že se nemýlíte? Poznala jste opravdu Annu kouzelnici."

„Kanovník Roch má pravdu," dodal major „Byla ta snad nějaká babka z hub či z roští. A víte co, paní, snad ji Antonín opravdu vytáhl z Orše, neboť kdepak máte jistotu, že se věc přihodila, jak ji vypravujete, a že s tou ženskou Antonín spal. Váš manžel býval necuda, ale teď je to již starý člověk."

„Vím nejlépe, jak je stár," odpověděla paní mistrová, „vím to dobře, ale ta děvka nebyla ani z hub ani z roští, nýbrž z vozu. Vy jste na to káp, byla to Anna!"

„Tak" pravil major; když paní Důrová vyběhla z plovárny, „vaše lítice vypráší Anně kůži. Vidíte ji, jak utíká? Vidíte, jak se vzteká?"

„Moje žena," děl Antonín, „je potrhlá a zlá baba. Nezbývá mi nic, než abych vzal čepici a hůl a šel za ní. Obávám se, že nebude vyhnutí a že budu nucen, abych jí natloukl."

Hra s krupkami

Náměstí Krokových Varů je důkladný čtverec obehnaný měšťanskými stavbami. Je tu plno travin, několik stromů a kašna. Dvě pěkné cesty po stranách velikého pivovaru spojují toto místo s parkem a procházejíce jím stoupají po utěšeném návrší k chrámu zasvěcenému svatému Vavřinci. Vypravuje se, že zde býval před dávnými časy

klášter a že jeho mnichové byli opilci: Od dob založení
kláštera jsou cesty vedoucí k bazilice vroubeny hlohovým
plotem a podle něho místo od místa stojí lavice, jež jsou
natírány každého jara.

Přišed do těchto míst, Antonín usedl na jednu z lavic,
takže nemohl býti spatřen z vozu Arnoštkova a přesto
dosti dobře viděl, co se děje. Obydlí stálo v středu silniční
vidlice, zde byl vůz, provaz, hrazda a koberec.

Antonín naslouchal, avšak vůkol vládlo ticho, pohoda a
mír.

„Je zřejmé," řekl si, „že moje žena upustila od svého
úmyslu a že nechá Annu na pokoji. Dvě hodiny, jež zatím
minuly. otupily snad její hněv a ulomily mu špičku." Řka
to, Antonín jal se pokukovati k vozu jinak a odvážněji,
avšak jeho dveře zůstávaly zavřeny a Anna se
neobjevovala. Některé staré zkazky vstoupily mistrovi na
mysl a tu, pohrávaje si krupkami, jež nalezl v kapse, byl by
málem usnul.

Zelený vůz

„Projděme se," děl zapuzuje nevhodnou ospalost. Potom
vstal a zamířil k pocestnému domku.

Obešel jej nepozoruje nikde života. Zdvihl dřevěnou palici
kouzelníkovu, zavěsil se na hrazdu, dotkl se tyče, pohladil
psíka vida, že je hladov a že kulhá.

Když byl hotov s okolím, jal se Antonín prohlížeti věci,
které visely zevně na voze: chomout, jakousi pánev a
konečně párek slepic. Ptáci byli spolu svázáni za nohy a
přehozeni přes kolík. Jejích křídla visela dolů jevíce tři
barvy.

„U ďasa," děl Důra prohlížeje drůbež zblízka a pozorně, „tato kuřata se velmi podobají kuřatům, která pobíhají po našem dvoře. Jsem zvědav, má-li slepice zastřižené letky a má-li kohoutek měděný prsten na pravém běháku.

Oho!" vykřikl nalézaje oba znaky velmi zřetelné, neboť do mědi byl vyryt křížek a zastřižení bylo nepravidelné.

Potom zvedl hůl, a zaklepav na zastřené okno, odcházel chechtaje se z plných plic. Zdálo se mu, že paní Kateřina Důrová, jež má tak tlustý břich, jež se leskne potem a jež se hádává tak ostře, pozbyla poslední špetky rozvahy. „To jsou ty veliké a žaluplné zmatky zralého věku," řekl si. „To je láska přicházející za děsivé střídy dvou období. Vidím svoji tučnou, ale ctihodnou manželku, jak pronásleduje po dvoře kuřata, jak je s nevolí zařezává, jak je klade na střechu kurníku hlavou dolů a jak je uzarděná nese pod zástěrou k Arnoštkovi. To vše jí odpouštím, aniž mrknu okem, avšak chtěl bych míti záruku, že její cit je pevný a stálý.

Jděte, milenci," dodal, „jděte loket v paži, prchejte nohy na ramenou a probůh, ať se nevracíte!"

Střezte se strážníků!

Na druhý den, když byl čas večeře, městský strážník skrojil bochníček chleba, pojedl sýra, na nějž byl zvyklý, a napil se. Potom vstal, popadl břitkou poboční zbraň a vyšel na ulici.

„Mějte na paměti," děl dětem, které si pohrávaly na pokraji chodníku, „že máme choditi vždy po pravé straně.

Mějte to na paměti, vy klackové, nebo vám vytnu políček, ani se nenadějete."

Když je pokáral, rozpomenuv se na svá dětinská léta, mávl rukou a chtěl jíti v pořádku na kouzelníkovo představení. A tu major, jenž přicházel s knězem a s Antonínem, se dotkl jeho řemení.

„Pane," pravil zhurta nevzdávaje mu více než náležitou poctu, „pane, co jste popíjel u Zelené panny, co jste mrhal úředním časem, byl zloupen občanský majetek! Dobře počítáno, chybějí v městě dvě kuřata."

„Tak," děl strážník, „tak vida! Máte kurník se zámkem nebo bez zámku? Byl otevřen nebo zavřen?"

„Byl otevřen," pravil Antonín, „neboť se to stalo ve dne."

Zpěv

„Tím hůře," odpověděl opět strážník, „kdo krade ve dne, je dvojnásobný lump. Avšak víte co, pánové? Znal jsem zvrhlíka, jenž si počínal při těchto věcech ještě hůře. Vycházel na svůj lup o polednách a prozpěvoval si přitom veselé písně. Tento člověk byl ovšem nenapravitelný."

„Takové počínání," řekl abbé, „jest pokládati za pusté a zvrácené, ale cožpak nevíte, že je na pokání vždycky dost času a že těm, kdo vzpomínají s lítostí svých zločinů, kdo jich želí a kdo se z nich vyznávají ve zpovědnici, bývá odpuštěno? Mám živou naději, že váš chasník nebude zatracen, ovšem s tou podmínkou, nezpíval-li písně nemravné, a jen tehdy, když se polepší."

„Obsah těchto písní neznám," děl strážník, „neboť chlapík byl vykutálený a nechytili jsme ho."

„Mistrův případ není tak složitý," pravil major, „zdá se, že jeho slepice zmizely mlčky."

„To jste tedy vy," pronesl strážník obraceje se k

Antonínovi, „to vy jste zapleten do té krádeže."
Řka to odcházel pokyvuje hlavou.

Jasná obloha

Městský lid pospíchal na představení ze všech koutů, a
když tři přátelé přišli na náměstí, bylo tam plno. Buben a
píšťala zněly dnes krásněji než včera, ovzduší bylo jasné a
na nebi svítily hvězdy.

„Noci," pravil Antonín, „vyznačují se lahodou a dny nestojí
za nic. Čím to je, abbé?"

„Myslím," odpověděl kněz, „že jste veliký hříšník a že tato
zlá denní povětrnost je trest nebes."

„I čerta," odvětil. Antonín, „byly doby, kdy jsme hřešili
ostošest, a přece svítilo slunce! Myslím, že to v tom
nevězí."

Dobré mravy

Někteří výrostkové tropili všelijaké šprýmy s děvčaty. Ti
chlapíci měli ztřeštěné myšlenky a na holky byli jako
ostříž. Antonín jich napočetl asi deset. Slečinky na ně
pohlížely přivřenýma očima a zdály se přitom kořistí
velikého blaha. Mrazilo je rozechvěním, a kdykoliv svým
přátelům odpovídaly, kladly si dlaň před ústa. Antonín,
abbé a major, sedíce opět na okraji o něco vyvýšené kašny,
mohli bez obtíží viděti tuto hru, neboť všechno se dálo
prostě a bez skrývání.

„Příchylnost obou pohlaví," děl Antonín, „je starší než
skály a moře, proto, abbé, nepřichází potopa, kdepak!
Vizte tato přátelství stará i nově uzavřená," děl ukazuje

majorovou holí z dvojice na dvojici, „nezdají se vám žádoucími a bohulibými? Necítíte nutkání, abyste vstoupili v účastenství, ve spojení a ve styk s touto tvořivou silou, byť by vás z toho srážela řehole kartuziánská." Abbé pohyboval hlavou a zdálo se, že přisvědčuje.

Děvče s cínovým talířem

Zatím bylo načase, aby Anna, dívka kouzelníkova, pomýšlela na svoje misky. Vystoupila z vozu nesmírně půvabně a poklepávajíc růžovým prstem na plech, jak to včera činil Antonín Důra, a chřestíc penězi chodila po skupinách muž od muže, od děvčete k paní a nevynechala ani starců ani dítek.

„Drahý pane Antoníne," pravila před kašnou Důrovi, „drahý pane, jsem vám zavázána tolikerými díky za vaše přispění."

„Nu, nu," děl Antonín, „vaše povaha je velmi jemná, nestalo se vám nic, nemáte rýmu?"

„Ach," odpověděla, „vypila jsem šálek čaje a vaše choť, paní Důrová, mě ošetřovala po celé hodiny."

„Moje žena vede plané a bouřlivé řeči," odtušil Antonín a vzal dívku kolem pasu.

„Ať zůstane v arše Arnoštkově," doložil, „ale vy se tam nevracejte."

„Ach," odpověděla Anna, „Arnoštek je kouzelník jen prostřední, ale je to dobrý pěstoun"

Potom, nepřijavši peněz než od majora, zmizela ve shluku lidí.

Záhadná hudba

„Všimněte si dobře těchto kouzel," děl Antonín zdvíhaje tři prsty. „Arnoštek stojí před svou boudou, Anna obchází vybírajíc peníze, a přece, jak je dobře slyšeti, jejich kolovrátek vyhrává. Bojím se, že kouzelníkovi slouží ďábel."

„Často jsem se bál o váš zdravý rozum a vidím, že moje strachy byly důvodné. Jak můžete žertovati o tom, že vám utekla žena" pravil Hugo.

Druhé představení

Než se tato rozmluva skončila, Arnoštek dávaje zaznívati bubnu jal se křičeti, že se představení počíná. Potom opatrně vylezl na svůj provaz a prováděl podivné a neuvěřitelné kousky. Podobal se postupně luciperovi, sirce, šaškovi, opici, hasanovi, jablíčku, cvočku, pedelovi, opilci, bláznovi a nakonec, stanuv pěkně při kraji, měl tvářnost kazatele, když křičel, že jsou vzadu lidé, jimž lezou oči z důlků a kteří neplatili.

Odpočinuv si, postavil se pěkně na konečky ukazováků, a nesa všechnu tíži tělesnou na těchto prstech, za hlučného potlesku a volání slávy přešel přes provaz.

„To je kluk kakraholtská. To je štvanec. Ten se vyzná v tlačenici," pravilo několik příchozích z okolních osad, kteří v nadšení užívají rčení, úsloví a obrazů obecné mluvy.

Sklenice dešťů

Když bylo k desáté hodině, Arnoštek přinesl stolek,

rozsvítil čtyři lampy a hotovil se, že provede několik triků a dovedností kouzelnických. Stůl a ruce kouzelníkovy byly prázdné, avšak sotva luskl prsty, stála uprostřed stolu pěkná nebroušená sklenice plná vody. Sotvaže pak Arnoštek tleskl do dlaní, nadul tváře a foukl, voda ve sklenici se počala čeřiti a chlístla na zem v mohutném proudu, jenž tekl drahný čas.

Kdyby byl tento šprým trval déle, mohla býti osada všecka zaplavena, neboť tato pramenitá sklenice, jež se někdy nazývá sklenicí dešti, je s to, aby vydala 129 hektolitrů vody za hodinu. Toto množství se rovná právě výkonnosti městského potrubí a není ani větší ani menší.

„Dobrá," pravili divákové, „dejte s tím pokoj, pane kouzelníku, a zavřete kohoutek. Chvála pánubohu, u nás je dost vláhy, cožpak jsme nemokli dnes a včera po celý den."

Rozmanitý způsob zábavy

Když bylo po produkci, Arnoštek se pěkně uklonil a zmizel ve voze. Lidé šli domů. Někteří se stavěli v hostincích, aby vypili dvě nebo tři sklenice ležáku či piva budějovického, někteří zamířili k sadu a jiní šli k lukám; ale tam bylo vlhko.

Antonín zívl a řekl majorovi, že je unaven a že půjde spat.

„Pojďme," přisvědčil Hugo, „je právě čas, neboť co nevidět bude jedenáctá."

„Já," děl abbé, „zůstanu chvilku na náměstí, rád bych viděl, jak si Arnoštek ustele, jak si lehne, a rád bych viděl, co učiní obě ženštiny, neboť vůz je malý a zdá se mi, že v něm není tré ložnic."

„Umíte pískati na prsty" otázal se Antonín, „nuže, kdyby

se vám přihodilo něco zlého, pískejte hodně silně."

Hovor noční

Abbé přecházel po chodníku a tu, když se opětně blížil k
vozu, spatřil, že jeho dvířka se otvírají a že sestupují dvě
postavy. Jedna z nich byla drobná a druhá, pokud jde o
objem; živě připomínala paní Důrovou.

„Vidím a rozeznávám," řekl si kanovník Roch, „hubená
lýtka a křivá stehna kouzelníkova. Vidím, že se panička
spouští boha."

Potom vyňal z kapsy knížku a drže ji v ruce přistoupil k
oknu Arnoštkova příbytku. Třpytilo se rusým jasem.

„Dnes," řekl, když se okénko pootevřelo, „dnes je již pozdě
honiti bycha. Měl jsem býti opatrnější a měl jsem vám dáti
tuto knihu hned prvého dne, jsou v ní krásná vypravování
a některé cudné příběhy milostné, jež se hodí pro váš
sluch."

„Poshovte mi chvilku," odpověděla Anna, „mám na pánvi
ryby a bojím se, aby se mi nespálila večeře."

„To jsou," děl abbé, „to jsou věru zbytečné okolky. Ty ryby
nejsou čerstvé a dnes není pátek."

„Nuže," odpověděla Anna, „otevru vám a vy budete
obraceti pánev pěkně po ohni."

U zelené panny

V hostinci tohoto pěkného jména několik pijáků přebralo
míru, a protože to byli lidé hádaví a popudliví, jali se
pokřikovati na hostinského pravíce, že je to starý brynda a
pepřil.

„Jakže, vy mátonoho, chcete nás popuzovati? Pročpak před nás přistrkujete pinku? Vy šňupko, vy špatný živnostníku, vy smrdivko!"

Když to všechno řekli a když byli u konce, složili karty a hajdy ven na náměstí. Chodili sem a tam, a přišedše konečně ke kouzelníkovu vozu, jali se jím pohybovati, popojížděli s ním, vyrazili zákolníček, pleskali psíka po kýtách, bušili na okna, bubnovali na stěny, křičeli, že je Arnoštek stará opice a že se chtějí s Annou oženiti.

Bitka u zeleného vozu

Jeden z těchto lidí, jménem Petráček, vylezl po žebříku k oknu, a otevřen je, strčil hlavu dovnitř. Avšak dříve než se rozhlédl, dostal takovou a tak prudkou ránu za ucho, že zavřel oči. Podruhé byl zasažen pěstí do svalů žvýkacích, potřetí do kyvačů, počtvrté do svalíku tragického a tu se dal do křiku a spadl pod vůz.

Ostatní vidouce svého kumpána takto zhanobeného velmi se rozhněvali. Vypáčili dveře, vnikli do vozu, rozbíjeli nádobí, křičeli, tloukli, hartusili a byli vztekli. Z toho vzešel povyk, který probudil u Čtrnácti pomocníků městského strážníka. Tento starý voják sotva se přepásal a již pílil k místu neštěstí maje hořící dýmku v zubech a v hrsti červenou sedmu.

Zatím kanovník vyvázl z chumlu, a slyše volání po stráži, rozbil městské osvětlovací těleso. Tu se mu podařilo přikrčiti se do tmy. Čekal, a jak byla chvíle příhodná, dal se do útěku podél zdi, přeběhl náměstí, a zahnuv do ulice Primátorské, hupky pospíchal k domovu.

Rozšafný biskup

Zmatení hlupáci a lidé slabého ducha bývají 'nepokojní, avšak moudrost skýtá jistotu. Vykračujíc si s rukama za zády nespěchává a třídí nehody přihlížejíc k věcem věčným. Kterýsi biskup královéhradecký překypoval chutí a schopnostmi štváti zajíce. Honil je v stinných končinách hájů, v místech slunných, po brambořištích, strnisky a podél struh, na koni pečlivě osedlaném, sedě pěkně zpříma a uvažuje o štvanici se svým myslivcem, který se držíval o koňskou délku za ním. „Festina lente!" říkával, „festina lente, pane myslivče! Zajíc je hbité a malé zvíře. My naopak jsme dospělí a rozšafní mužové. Jen pošetilci se řítí vpřed skákajíce, opisují kličky, rudnou, brunátněji, popadají dechu, avšak ten, kdo věc uvážil, jde zvolna. Jen ať nám ten ušák uteče, vsadím se, že co nevidět vyrazí jiný, a věřte mi to nebo ne, třeba se to všechno rozutíkalo a třeba všechna zvěř zalezla do děr, budeme dnes přece míti k večeři zaječinu."

Naučení, jež čerpáme z knih a z rozhovorů

Mistr Antonín na rozdíl od své manželky, jež byla hlupačka, měl schopnost, aby si v pravý čas uváděl na mysl zkušenosti cizích lidí, a vzpomínaje na biskupa řekl majorovi:

„Je mi zřejmé, že moje manželka odejde s Arnoštkem do širého světa. Je mi zřejmé, že kanovník vlezl včera večer k Anně do vozu, že se k ní lísal, a užívaje zhurta své výmluvnosti (která, jak víte, je veliká), ji obloudil; ale na světě je mnoho ženských!

Moudrost kráčívá s věkem. Paní Důrová dosáhla čtyřiceti pěti let v dobré společnosti a vzdělávala se naslouchajíc vašim rozpravám; jsem jist, že ví, co činí, jsem jist, že uvážila všechny důvody, než se rozhodla, že odejde; a jsem jist, že zná nepatrnost své ceny. Avšak abbé je zhýralec!"

„Byl jsem dnes ráno u něho," řekl major, „má natržené ucho a zpuchlý obličej. Četl dvě knihy a byl vesel."

Hněv

„Hleďme," opakoval Antonín, „byl vesel! Snad si nezpívá? Cožpak to neví, cožpak ta nevíte, majore, že celé město je vzhůru a že kdekdo mluví o jeho noční výtržnosti? Myslím, že by měl kanovník jeviti lítost a že by se měl nešvihati bičíkem, jako to činívali v dobrých klášteřích. Což není mnich?"

„Není," odpověděl Hugo, „a vy, Antoníne, byste mu neměl raditi věcí tak škodlivých. Vzal již odplatu za svůj čin. Jeho ušní boltec visí jen na kůžičce a zdá se mi, že je třeba jej upevniti několika láty. Chopte se své jehly."

„Dobrá," pravil Antonín, „chci mu přispěti, ale neschvaluji jeho hříchů."

Řka to, mistr jal se hledati náčiní k šiti ran; a zotvírav několik skřínek, konečně je našel. Byla to pěkná lesklá jehla zhotovená z udičky a hedvábná nit, na kterou se dobře líčí, když se zatíží olůvkem. Antonín si tedy omotal hedvábí na prst, vzal jehlu do špetky, a nestaraje se o plovárnu, vyšel za majorem, jenž měl naspěch.

Ranhojičský zákrok

Kanovníkův dům stál uprostřed stinné zahrady, jež se otvírala malou brankou. Přátelům bylo jí projíti. Když šli po pěšině k domu, vyběhli na ně dva malí křivonozí psíci a mistr ukazuje na ně řekl, že si kanovník libuje ve zrůdách. Potom vystupovali po schodech a hlučeli.

„Lékař," řekl major, když se pozdravili s kanovníkem, „by vás roznesl po hospodách a navštěvuje nemocné mluvil by obšírně o vašem úrazu. Je zvyk tohoto stavu činiti z komára velblouda, Rochu, a protože jste neztratil svého ucha háje církevní pravdy a protože je lépe o věci pomlčeti, bude vás léčiti pan Důra. Nechtějte, abych ho chválil, neboť víte sám, že pracuje jehelcem a jehlou obratně i šetrně."

„Antonín Důra," řekl kněz, „je nadaný člověk. Budete, pánové, píti víno."

„Chtěl bych," odtušil mistr, „trochu lihu nebo hrnec vroucí vody, abych očistil z nástrojů špínu, která, jak se zdá, je letitá. Přineste to, abbé."

Když bylo náčiní vyvářeno, Antonín si vykasal rukávy, a umyv si pečlivě ruce v devaterých vodách, jal se povzbuzovati kanovníka k trpělivosti křiče:

„Jen vesele, pane abbé, jen vesele! Nevyhrožujte! Nastavte ucho s hrdinnou odhodlaností, a probůh, neklejte, nebo se zmatu."

Bylo třeba čtyř stehů. Mistr očistil ránu a vykonal je protknuv čtyřikrát hbitým máchnutím oba ranné okraje, protáhnuv nit a zauzliv ji. Potom přiložil obvazek z pěkného krajkového kapesníku a upevnil jej nákrčníkem.

Divné mínění o šrůtkách

„Vaše dobrodružství," pravil major usedaje, „vzalo na se nečekanou tvářnost bitky. Vy jste se, abbé, pral, ale jak se to stalo?"

„Ach," odpověděl kněz, víte, že se vzdaluji půtek, a vězte, že mám-li natržené ucho, není to proto, že bych byl změnil své mínění o nich."

Okoun

„Zůstal jsem na náměstí, a nevida odnikud námitek, jal jsem se hovořiti s Annou, jež si upravovala večeři smažíc ryby."

„Jedl jste tuto krmi s ní" zeptal se Antonín s pochmurnou tváří.

„Okusil jsem něco okouního masa," děl abbé, „a byl to týž, jehož jste vytáhl včera o polednách z Orše."

„Nuže," odtušil opět Antonín a vybuchl v hněv (neboť nemohl snésti představy, že abbé večeřel s Annou jeho ryby), „nuže ponechte si svoje ostudné vypravování. Nechci ho slyšeti. Vím to.

Ach, toho smilného básníka! Ach, té literatury!"

Zlořečení literatuře

„Kdypak opět uslyším o slušných strastech duševních, kdypak se dočtu o vnitřních svárech? Kdypak vyjde krásné písemnictví z hampejzu? Kdy zanechá zpívání a hrubých všedních témat? Kdy se přikloní k ušlechtilým ctnostem občanským?

Kdypak se shledám ve vašich knihách aspoň se stránkou o prodeji a koupi, se stránkou, jež pojednává o škodlivosti zaviněného úpadku, o lásce k vlasti, o zpeněžování dobytka a o melioraci? Kdy vyjdou nová Georgica? Kdy vyjde básnická kniha o síle tělesné a o zásadách agitačních v správném smyslu třídním? Kdy se to stane a jak je ta doba vzdálena?

Slýchal jsem vás, jak drolte verše, jež nemají žádné ceny naučné a z nichž hrká zpěněná krev a ukrutenství odborníkovo, který za cenu hladu a nepaměti prosazuje novou a nesrozumitelnou krásu. Major a já pravíme o ní, že je nesmyslná a sprostá.

Hledal jste po nocích výraz toho, co není, a opět toho, co se vyskytuje v přemíře u pohůnků. Honil jste se po slovích a učinil jste svět podnoží kratičké věty zapomínaje na sousedská vypravování příběhů.

Nemluvil jste ani známě ani slovutně a při tom všem vaše mravy zpustly, že se perete!"

Přiznání kanovníkovo

„Ano," děl abbé, „utržil jsem si ránu a vy jste mi ji sešil. Rovněž je pravda, že jsem chodil s knihami podél Orše a že jsem s nimi přicházel na plovárnu. Byl to Shakespeare, Rabelais a Cervantes; chtěl bych za ně položiti hlavu, jako jsem za Annu položil málem ucho."

„Pak," děl major, „vznešené a krásné jest umírati jedině na bojištích, básníci však bývají špatní vojáci. Mistr má pravdu."

Vnitřek vozu

Téhož dne kolem páté se začalo nad výšinami, jež na severu ohraničují úval Krokových Varů, hřímati a zdálo se, že se strhne bouře.

„Hleďme," pravili občané, „není bezpečnějšího přírodního zákona nad zákon Medardův. Opravdu, jeho kápě kape čtyřicet dnů! Dnes bylo krásně, avšak mraky jsou již přichystány a bude pršet co nevidět. Arnoštek zmokne."

Ženské vždycky stejné

Kouzelník seděl na lavičce a vyhlížel oknem znamenaje s nevolí tuto pravděpodobnost.

„Milá paní," děl Kateřině, která spravovala opatrnou jehlou díru v jeho kabátci, „když jsme byli jednou v zimě v Tyrolích, stahovalo se k sněhové bouři. Bylo zima, vůz promrzal a komínek nikoliv nepodobný tomuto netáhl. Tyrolská země je prostoupena mohutným horstvem, na jehož vrcholcích ležívá sníh a fičí severák."

Nepohoda

„Ach," pravila paní Důrová odkládajíc jehlu, „vy jste byl v dalekých končinách a užil jste nepohody dost a dost. Chvála pánubohu, dnes, jakkoliv prší, přece nemrzne a tato kamna jsou v pořádku."

„Ovšem," řekl opět Arnoštek, „ale tehdy byla chumelenice a cesty se staly neschůdnými."

„Chtěla bych se vás otázati," děla paní přerušujíc vypravování, „měl-li jste za takových okolností ve voze čisto, neboť je-li domov poklizený, stává se pobyt uvnitř příjemný a dobře se snáší. Až slátám tento kabát a až popravím vaše spodky, mám v úmyslu zhotoviti několik přikrývek a podušek. Tyto věci; Arnoštku; zkrášlují příbytek."

„To je dobře," děl kouzelník, „ale nezapomeňte na koberec, kterého užíváme při představení. Anna jej propálila cigaretou a je v něm díra větší než dlaň." „Napomínala jsem ji právě včera. To děvče kazí náš majetek ze svévole, ale ať si nezahrává, ať mne neponouká, nebo ji propustím nevyčkávajíc ani lhůty služebných děvčat" odpověděla paní Důrová.
Zatím se dalo do deště. Veliké krůpěje odskakovaly od oken a bubnovaly na střechu vozu. Kouzelník se díval, jak venku houstne soumrak, a nedbal již toho, co říká Kateřina. Mezi Arnoštka a pečlivou paní se kladl stín nadcházející noci. Kouzelník naslouchal hukotu větru a rachocení deště. Tu se mu zdálo, že kdesi uvnitř jeho těla v nepostižném koutku útroby vzniká tajemný hlas lítosti.

Obrácení Antonínovo

„Pane," děl major přicházeje k Antonínovi, „dnes večer je bídné počasí."
„Máte pravdu," přisvědčil Antonín, „myslím, že za této nepohody nevyleze Arnoštek ani z vozu a že jdete nadarmo na představení."
„Tak," pravil opět major, „vidím, Antoníne, že chcete zůstati doma, vidím, že jste se rozhněval a zatvrdil. Cožpak jste nikdy předtím nedostal od děvčete košem? Což bylo málo těch, které vás opustily? Zanechte trpkosti, smiřte se

s kanovníkem, jenž není více než nástroj prozřetelnosti. Cožpak jste zapomněl, jak jsme chodívali podél Orše hledajíce v zemi pod křovinami kustovnicovými, pod šípky, trnkami a pod ostružím dešťovky, které tak milují vlhkou půdu?

Těch příjemných rozhovorů, za nichž nám ušel den! Těch večerů strávených nad vlascem, kdy jste, pohlížeje tu a tam na splávek, poslouchal krásné a vybroušené hovory kanovníkovy! Těch utěšených a půvabných hádek, jež se dobře končívaly!

To všechno se opět vrací! Vezměte si kabát, Antoníne, a pojďme."

„Jsem rád," odpověděl mistr usmívaje se, „že jsem vaší řečí zmoudřel a že jsem poznal pravdu. Na mou věru, pane, byla to nehezké, že jsem se hněval na abbého jen proto, že se mu líbí hezké děvče. Byl přece vždycky namlouvačný, právě jako vy, který se chystáte vyhoditi jej ze sedla.

Ale nevzpomínejme si na nic zlého. Abbé neměl ovšem jísti okouna, avšak odpusťme mu to."

Řka to, Antonín vstal a objal majora potřepávaje ho po zádech.

Potom rozmlouvajíce jako za starých časů brali se na náměstí a došli tam právě tehdy, když ustával déšť.

Úvaha o Anně

V průjezdech a podél domů severní strany náměstí stálo několik lidí, z platanů padala kapka za kapkou a soumrak se vzdouval jako truchlivý prapor. Kouzelník se neměl k dílu a jeho děvče bylo mdlé.

„Pravím," děl mistr, „a řeknu to tisíckrát, že se Anna nehodí do těchto míst. Vizte ji, jak rozpačitě si vede. Vizte ji, jak se přebírá v miskách, které jsou prázdné. Myslím, že byste se s ní měl oženit, majore, neboť paní Důrová ji asi týrá.

Slečno," řekl potom, když Anna přišla až k nim, „svažte si uzlík a nechte vůz vozem. Pojďte k nám! Vezměte si moje lázně a knihy kanovníkovy."

„Avšak co učiníme s majorem" otázala se dívka.

„Já zabiji kouzelníka a půjdu do vězení," řekl Hugo.

Tu, právě včas, Arnoštek se uchopil trubky a dul do ní ze všech sil. Nicméně zvuk padal jako kroupy z pytle.

Víno a nesmysly Jak se to dělá

Když se pije po práci víno, snad napadne některého muže, aby nadzvedl dlažební kámen a házel kostku po kostce na lucerny.

Někdy bývá čas na nesmysly. Někdy se stává, že důstojné kníže církevní se popadá za břicho a řičí smíchy opakujíc znovu a znovu jakýsi vtip či říkánku z předměstí.

Dobrá. Kdo se směje, nepozbývá proto vážnosti (leda by se smál příliš dlouho), avšak běda těm rukodílným šaškům, kteří robí své potivé šprýmy po tři dny, aby potom mohli nastaviti klobouk, noty nebo talířek.

Běda Arnoštkovi; jenž setrval v Krokových Varech příliš dlouho.

Špatná návštěva

Náměstí bylo téměř prázdné, ale ubohý kouzelník chodil

po provaze sem a tam, metal kozelce, jezdil s trakařem, prohýbal se a zdvíhal nohy.

„Hleďme," řekl Antonín, „nikdo netleská, nikdo nevykřikuje a bojím se, že nás nerozveselí ani sklenice dešťů, ani rána či lépe pšouk, až se ozve z Arnoštkova klobouku."

Představení třetí

Zatím kouzelník stanul na palci pravé nohy a velikou rychlostí se otáčel kolem podélné tělesné osy. A tu, když to činil nejhorlivěji, vyšel z hospody U zelené panny povážlivý dědeček a maje ruce na holi a pokyvuje hlavou stanul pod vysokým provazem kouzelníkovým a jak se volati:

„Slezte dolů, pane Krištůfku! Slezte dolů a nepokoušejte prozřetelnosti! Natlučete si a z těchto krvelačných zevlounů, kterýmž je příjemné viděti i popravy na soudním dvoře, vám nikdo nic nedá. Slezte dolů, Ježíš Maria, slezte dolů!"

Arnoštek dědečka po vojensku pozdravil, potom vystřídal palce a hleděl si svého.

Starý pán přistoupil pomalu k lanu, jež podél vidlice viselo dolů a tu, aniž se rozhněval, jal se škubati a cloumati provazem opakuje, aby kouzelník nedělal hloupostí a slezl.

Několik sousedů výtržníka napomenulo a Antonín s majorem k němu běželi chtějíce zabrániti nehodě, avšak dříve než mohli zachytiti ruku bláznovu nebo posměváčkovu, spadla veliká tyč kouzelníkova a za ní, vyraziv zděšený výkřik, střemhlav se řítil ubohý kouzelník.

Nenasytní divákové

Při všech svatých I tehdy někteří lidé, již měli Arnoštka za pošetilejšího, než byl, se domnívali, že tento hrůzyplný pád je část představení, a jali se mu jako na posměch tleskati.

Bylo nutné, aby Antonín vlepil několika výrostkům po políčku a aby vdmychl smíškům pravé mínění. Bylo nutné, aby se dala do práce majorova hůl, jež jediná je s to, aby držela hlupáky na uzdě.

Zvyk má železnou košili

Poznav pravdu a povzbuzen byv tímto příkladem, městský lid dal se do dědečka, a nazývaje ho darebným nestydou, tloukl ho do zadnice a přes hřbet.

Věru, nezbývalo mu, než vzíti nohy na ramena a utíkati. Když byla příhodná chvíle a když mohl starý pán vyraziti, dal se do běhu a upaloval až k horní bráně Kotlářské, kde bylo stanoviště vozů. Lidé odsuzujíce horlivě jeho chybu běželi za ním až do těchto míst. Avšak nikoliv dále! Nikoliv dále, neboť navraceti se od zmíněné brány je starý městský zvyk, jenž se zachovává i při křesťanských pohřbech.

Kouzelník přemohl bolest

Tlum kolem Arnoštka se rozptýlil teprve za dlouhou chvíli, a tu bylo zříti kouzelníka, an se sbírá se země a vstává maje tvář bolestně staženu. Byl velmi smuten: Nicméně odmítal rámě Důrovo a hůl majorovu.

Za svých úspěchů, kdy se nad městem oháněl bidlem, kouzelník zpychl a tato pýcha učinila jej schopným, aby ustal, aby se vzpřímil a aby šel neohlížeje se ani napravo ani nalevo až k vozu, jehož otevřenými dvířky bylo viděti paní Kateřinu, jež štká majíc na očích šátek.

Shon podobný shonu u mrtvoly

Hřímalo, na nebi se křižovaly blesky a přece, kde kdo byl, vybíhal z domů a lidé spěchali na náměstí k provazu Arnoštkovu. Někteří zvědavci se ptali, co se to přihodilo, a jiní odpovídali:

„Kouzelník je zabit."

„Kouzelník je zchromen."

„Ale jděte, ale jděte! cožpak to nevíte? Má utržené ucho právě jako kanovník Roch!"

„Stržil si bouli. Nu, proč byl hlupák, neboť kdo jej posílal na provaz? Proč tam lezl?"

„Víte co, vybéřeme mezi sebou několik krejcárků a koupíme mu slepici, aby si uvařil polévku. Tato krmě, jež se podává šestinedělkám, skrývá a tají v sobě velikou schopnost léčivou."

„Nu ovšem, nu ovšem, pane soused, jenže my nedržíme na pitomé sbírky. Toť se ví, to byste nakupoval! To byste se poměl!"

„A na mou těl a na mou duši, je to pravda! Už je to tak! Ten si dal, ten si natřel záda."

Takto a jinak zděšeně hovoříce lidé se strkali lokty a koleny. Byla tam taková tlačenice, že ženské začaly ječeti a výskaly jako na voze o obžínkách. Byla tam taková tlačenice, že zástup vymáčkl nad svoje hlavy vzrušenou tvář starostovu, šlápl na lékaře a tísnil strážníka, jenž zdvíhal poboční zbraň v obnažené pravici, neboť byl bez kabátu.

Hlas rozumu

„Mluvím-li teď s vámi, majore," děl Antonín, „je to hlavně proto, abych opět slyšel lahodné zvuky rozumu. Bojím se, že tento útrpný zástup se zbláznil a že žvástá. Kdysi jsem znal několik veršů, jež se hodí říkati za okolností pohnutých a hrůzných, pohříchu neuchoval jsem u své paměti více než slovíčka, jež znějí takto: S Vaňkem se raď – nevíte, jak je to dál?"

„Ne," odtušil Hugo, „ale abbé to asi ví."

„Snad," děl opět mistr, „abbé není přítomen a neužije své znalosti. Avšak všiml jste si, majore, jak trest kráčí vzápětí hříchu? Kanovník má ucho ve dví, protože se dopustil zrady, a Arnoštek si zhmoždil krajinu pánevní. Mohutné lopatovité kosti tvoří v tomto tělesném okrsku věnec; kdykoliv pak se pádem nebo rázem proti sobě pošinou, vzniká bolest, jejíž jsme svědci! To jest odplata křivd, to jest dotek horoucího nebe."

„Zdá se mi," odpověděl major, „že nehody tohoto náměstí vás naplňují uspokojením a že je schvalujete."

„Nikoliv. Odpustil jsem knězi, a nepřeji mu jeho úrazu," řekl Antonín, „ale podivuji se spojitosti věcí, jež obráží moudrost opravdu kakraholtskou. Měl byste si z toho vzíti, majore, příklad a výstrahu."

Anna neviděla kouzelníkův pád. Před počátkem představení, když vybrala peníze a když je spočítala, vzala nádobu na mléko, a majíc ucho v pěsti a palec vzhůru, šla pro mléko do statku bohdalského.

Tento statek je vzdálen dvacet minut od městského náměstí a stihnete jej dříve, jestliže běžíte a máte-li dobré nohy a dobrý dech. Brala se vpřed nezakoušejíc povědomé tísně, jež předchází před pohromami. Šla městem, silnicí, lesíkem, loukou, dvorem a stanula konečně na prahu stáje, co sedlák si kroutil knír a selka s hněvivou tváří tiskla koleny dojačku. Mléko crčelo a dížka zněla.

Anna pozdravila a cinkajíc penězi, žádala o žejdlík mléka.

„Co vás to napadá,“ pravila hospodyně, „mléko se neprodává! Neměli bychom co jíst, ani kdyby toto vemeno bylo dvakrát tak veliké jako je letos, kdy se neurodila píce a kdy jetely stojí sotva za facku. My jsme bídně živi, ale jděte si, slečinko, po chalupách, tam je všeho hojnost.“

Řkouc to, selka vstala ze stoličky a odnášela mléko do sklepa.

Hospodář přisvědčoval, avšak sotva jeho žena odešla, uchopil Annin hrnec, a vběhnuv do kuchyně, nabral z krajáče smetany. Škraloup, jenž byl dozajista tlustší než prst a jenž připomínal svým obrysem měsíc, visel přes zevní stěnu hrnce a z něho odkapávala smetana.

„Tu máte mléko, dceruško,“ řekl sedlák podávaje Anně hrnek.“ Přijďte zítra až po deváté, neboť v tu dobu míváme pokdy a můžeme hovořiti.“

Tato slova dodal hospodář s velikým důrazem, avšak sotva je řekl, již mu bylo pospíchati do světnice. Utíkal, vrhl se skokem ke krajáči, a ponořiv ret do bílé smetany; předstíral, že vypil všechno, co chybí.

Návrat do města

Anna se vracela domů bez vzrušení a přešla pomezí hrůzné události téměř klidně. Vidouc zástup před zeleným domkem Arnoštkovým domnívala se, že některý zatrachtilec nebyl uspokojen příliš krátkým představením a že se lidé sběhli, aby žádali zpět svých peněz. Tyto bědné zvyky se vyskytovaly dosti často a byl v nich zhusta důvod, že vůz opouštěl stará místa a vydávat se na další pout. „Hle," pravila si Anna procházejíc řadou, jež zmlkla, „nikde není slyšeti spílání, co se to stalo." Potom vystoupila po třech schůdcích a otevřela dveře.

Annina rada

Kouzelník ležel pěkně na bříšku zvolna a pravidelně dýchaje. Jeho tvář nebyla bledší než jindy, vládl údy a byl živ.

Znamenajíc to vše, Anna se zastavila před paní Důrovou, jež hlasem pláčem přerývaným vypravovala o neštěstí, a řekla:

„Můj prostomyslný názor jest, že brečíte příliš. Třesky plesky. Můj příbuzný si nepotrpí ani na vražedné skoky ani na pláč, který ho dopaluje. Vezměte si pěkně Arnoštkovy kalhoty, čepici a, chcete-li, masku. Já se obléknu do krátkých sukýnek a uspořádáme nové představení, neboť venku je lidí jako mraku. Vzhůru, oblékejte se a pospíchejte, než se rozejdou."

Odpověď

„Já," pravila paní Důrová, ustávajíc v štkaní a povstavši, „já, správná měštka dbalá cti; bych měla obléci tyto kalhoty a před tváří nebe a před tváří svého lidu bych měla bráti podíl na šalbě a klamu, neboť ať tak dím, vaše představení je založeno a záleží v ubohých a směšných podvodech. Chvátala jsem, abych vás vytrhla z tísně, a jedli jste moje slepice a moje ryby. Slátala jsem košile a všechny cucky, jež věru nezasluhují jména prádla, ale teď je špižírna prázdna a není v ní nic jedlé ho. Moje ruce uvykly pocestné práci a již se nedotknou hadříků, které čpí potem kotrmelců a líčidlem. Snad jste si, pane, všiml, že se křižuji, když klejete, a že se odvracím majíc se otříti o tuto kuběnu. U všech rohatých, přece mi nenamluvíte; že je to vaše neteř nebo sestřička! Chválabohu, uvykla jsem pletouc punčochu sedati před poctivým domem a budu tam sedati opět, neboť Antonín mě volá a kyne mi, abych se vrátila. Dvakrát či třikrát jsem ho viděla, jak stojí před vozem s tváří vzrušenou, bledý, rozháraný a hotov roztlouci na prášek a rozštípati na tříštičky tento vozík. Ha, ha, střezte se, aby nepřišel! Jen si myslete, že jsem omezena na úzké prostory tohoto chlívce! Jen si to myslete! Jen se spalte, vy strašpytle, pan Důra stojí za dveřmi!"

Arnoštek nebyl překonán

„Máte pravdu," odpověděl Arnoštek, „vzdálila jste se maličko od svého krbu v zájmu veřejného pořádku a trpíte pro svoje přesvědčení, ale teď se již sypte domů nebo vytáhnu hůl. Mé trpělivosti ubývá, jak roste vaše ctnost, a jestliže se do toho dám, ztluku vás a dám vám za vyučenou. Jděte po svých a děkujte bohu, že vás učinil opět řádnou a počestnou ženou bez výprasku."

Annino odění

Když paní Důrová vyšla, Anna si oblékla krásné hedvábné nohavice, jež jí nesmírně slušely (neboť měla dokonalá stehna, drobná kolena, ušlechtilá lýtka, útlý kůrek a půvabnou nohu; pro niž král francouzský ještě před pěti sty lety by byl vedl válku až do vyhlazení lidu a zkázy krajin přilehlých k Španělsku), potom zapjavši všechny knoflíky a opásavši se pěkným páskem, na němž byli uměle vyobrazeni dva hadi, jak se navzájem požírají, Anna přistoupila k zrcátku a shledala; že je hezká.

Zvrácený vkus

„Mladší Dohnálková," pravila kouzelníkovi, „tančila kdysi v cirkuse ferdinandském s hruškou v ústech. Ně kteří lidé pokládali její vynalézavost za výstřední a opravdu se domnívám, že jí to neslušelo. Nejvhodnější jsou nahá růžová ústa bez ozdob, kdyby však nebylo vyhnutí, zvolila bych nikoliv hrušku, nýbrž růži, již držíme v zubech třenových, zlehka jí pohybujíce."

Zasmušilí měšťané

Městské obyvatelstvo, jsouc vesměs chmurné povahy, rádo prodlévá na místech, kde se událo neštěstí, a na věčnou paměť označuje je všelijakými znameními: stromy, soškami, malbou nebo křížky podle zámožnosti obce a podle vkusu faráře, jemuž jest se dohodnouti s jednatelem okrašlovacího spolku (a pane, za takových slavnostních chvil bývá jednatel zticha, neboť farářský mrav je maršálský). Nešťastná místa jsou v uctivosti, a proto lidé stáli na náměstí pěkně v oblouku. Rozmlouvalo se o Arnoštkovi a o provaze. Vyskytovala se podivná a překvapující mínění, a jakkoliv měli všichni lež v ošklivosti (neboť to jim bylo vštípeno ve školách a důstojnými bohoslovci), zdálo se, že někteří nemluví pravdu. Říkali o Arnoštkovi, že je čert a chudinka, sprosťák, filuta a kulhavec, říkali, že se mu kolena stýkají po způsobu písmena X, a vzápětí, že přijela na melounu, má nohy do O. Někteří pravili; že je simulant, jiní, že zemřel, a opět jiní, že by zasluhoval pětadvacet, aby byl mír v obci.

Dobré divadlo

Za těchto hovorů Anna vyšla z vozu, a vstoupivši na koberec opět rozestřený, zjednala si záhy ticho. Byla již málem hluboká noc, trochu měsíčního světla kanulo z nebe propůjčujíc něco krásy i ohavníkům. Mihotavá krůpěj jasu a záře, jež se bezpochyby dotkla úst andělských, padala na Anniny rty vzbuzujíc takovou lahodu a takovou krásu, že se nikdo neodvážil dýchati. Mužové potlačili všechny kony tělesné, nekašlali a nikdo nekýchl.

V podivuhodném osvětlení, jež tvořilo jeskyni v nočních temnotách, Anna se jala přecházeti, napodobujíc chůzi provazolezcovu. A jakkoliv chodila po ohavném koberci a jakkoliv provaz Arnoštkův se kýval devět sáhů nad ní, bylo v této chůzi veliké a svrchované umění.

Poctivý úžas

„Jsem pravověrný člověk," děl kterýsi soused, „a vím, že dno tohoto náměstí nepovolí ani při dobytčích trzích (a bývá tu bezpočtu těžkého dobytka), avšak všimněte si, nestalo se teď propastí, nad níž po slunečním paprsku, po útku baladické přadleny sem a tam kráčí líbezný zjev ženský? Ano, ano, ano. Tak se to patří. Na mou tě pravdu, ta holka se vznáší! Chtěl bych se vsadit, že to není obyčejná ženská a že se u ničem nepodobá mé Verunce, která vyniká spořivostí, ale má ploské nohy."

Tak se to sluší

Když se Anna sdostatek naprocházela, jala se zlehka otáčivými pohyby naznačovati mrtvičné, hulvátské a krkolomné cviky Arnoštkovy. Byla přitom ještě krásnější. Bubnovala si na bubínek, zhusta se uklaněla, smála se, stříhala očima, měla všechny přítomné za blázny, vodila je za nos a šlo to jako po šňůře.

Nakonec jí pánové nasypali veliké množství peněz do Arnoštkova klobouku. Bylo mezi nimi dost měďáků, ale zaplať pánbůh, malé ryby jsou také ryby.

Kořeny umění hereckého

„Tento krásný úspěch," řekl Antonín, „nepochodí z ničeho

jiného než z nestydáctví, jež ostatně schvaluji. Jednou jsem na jevišti v Polích Elysejských viděl hasiče, jenž vytrvale po celé představení přeléval vodu z putýnky do putýnky, a později jsem spatřil osvobozeného herce, jak opět přelévá vodu ze sklenice do sklenice. Pozdrav pánbu, majore, ta voda nebyla táž, avšak hasič a herec byli stejně velikolepí. V přelévání vody, děje-li se nikoliv v soukromí, nýbrž veřejně, tkví veliký důmysl. (Vy a já, kteří tak často bryndáme z láhve do sklenice, pro všednost a ustavičnost těchto úkonů nepostřehujeme krásy, jež se v nich tají.)

A tak, majore, Anna ukazujíc nám mechaniku kloubů, smrštění a stah svalových vláken, jež zvedají nohu, ukazujíc nám pravidelné a volné dýchání, jímž se dme hruď a při kterém maličko a v náležitém poměru se pohybuje i břicho, skýtá nám utěšený obraz prostého jsoucna a závažných akcí, jež jsou kořen divadla. Zde vidíte člověka správného oběhu krevního, důkladné vnitřní sekrece, jenž před námi uvádí v činnost poziční smysl kloubový chvále tím vším boha, o němž se praví, že stvořit tělo k svému obrazu.

Jsem pravdě zavázán, abych prohlásil," dodal Antonín snímaje klobouk, „že má Anna pevné hyždě nepřenáhleného tvaru, že je velmi dobře uzpůsobena a že je vybavena ušlechtilými orgány."

„O tom," odpověděl major, „nepochybuji a zdá se mi, že jste měl pravdu hovoře i o funkcích tělesných. Vídal jsem vojáky, jejichž nohy jsou spíše důkladné než krásné, a přece, když vykročili, jejich střevíce lahodily mému oku a na pochodech zvuk kročejů nás měl k zpěvu."

Příhoda s rukávem

Sotva to dořekl, Anna se naposledy uklonila a chtěla obléci plášť, jehož rukáv se zmítal uprostřed zad. Byl to pěkně střižený kabát z pruhovaného harasu, lemovaný sobolinou kanadskou (touž, která od několika let jen zřídka se vyskytne na trzích kožišinových, neboť byla zatlačena napodobeninou, jež, žel, není než králičina). Major, spatřiv vlající rukávec a znamenaje, že není vhodné, aby se Anna oblékala jako služka, která pospíchá k dostavníku, seskočil s okraje kašny, spěchal a podržel kabátec, usnadňuje tak Anně krušnou chvíli. Potom jí podal rámě a odvedl ji za vůz, kde spolu rozprávěli po pět minut o některých starých citech lidských, dotkše se jen letmo pořadových cviků a pochodování.

Mistr a Kateřina

Přišed domů, mistr Antonín nalezl dveře otevřeny a paní Důrovou uprostřed světnice.

„Tak se podívejme." pravila zakládajíc si ruce. „Kudy chodíš, kde se touláš? Byla jsem na plovárně, je všechna špinavá a zanešena proutím i listovím, jež připlouvá s proudem Orše. Co jsi dělal, Antoníne?"

„Ach," děl Antonín, „vy jste se vrátila pro své věci. Vezměte si je. Nakládejte, balte, stěhujte se, pakujte."

„Vrátila jsem se," pravila Kateřina, „protože ti chci odpustiti. Byl jsi již sdostatek potrestán za svoji nevěru, neboť žiješ tři dny v nečištěném a pustém příbytku, jíš neupravená jídla a snad ani nespáváš. Nemohu se na tebe déle hněvati, Antoníne."

„Tím lépe," odpověděl mistr, „nehněvej se, avšak pokud jde o moje chyby, jsou nenapravitelné. Viděl jsem dnes pradlenu, jež stála po kolena v Orši. Byla daleko ošklivější než Anna, a přece mi bylo jasné, že jsem se nepolepšil. Vezmi si tedy svoje nádobí a jdi za Arnoštkem, je to vzorný kouzelník a řádný manžel."

„Když tě slyším tak hovořiti," pravila paní, opásavši se starou zástěrou a vyškrabujíc hrnec, „zdá se mi, že ses s ním smluvil, aby mě odvlékl."

„Nutíš mě, abych se vyjadřoval určitěji," děl Antonín, „nuže, jsi záletná ženská a spala jsi dnes v noci u Arnoštka. Dobrá, nevyčítám ti těla, ačkoliv je tučné a škaredé, ale potrestám tě za pomlouvačný způsob omluv.

Ticho," dodal, když paní chtěla odpovídati, „připouštím, abys zůstala, ale nestrpím tvé řeči."

Potom si mistr vykasal rukávy a vykonal, co naznačil.

Rozmrzelý kouzelník

Kolem půlnoci, kdy se spáči obracejí z boku na bok, hořela ještě v Arnoštkově voze lampa a kouzelník bděl. Bylo ticho, Zelená panna podřimovala a Čtrnáct pomocníků mlčelo. Kdesi rachaly pantofle venkovanovy mírně připomínajíce svátky vánoční, kdy se hází touto obuví za záda, aby se předpovídala budoucnost. Kouzelník však poslouchal bez zvláštních představ a hleděl do plamene. Neměl chuti k žertům, nýbrž byl rozvzteklen. A tu, jako to činívají právoznalci, přemítal v mysli události posledních dnů, hledaje křivdy, bezpráví a věci škaredé.

„Kateřina Důrová," řekl si, „je domýšlivá opice. Abbé je osel. Antonín si to odskáče doma, ale major je nebezpečný chlap."

Řka to, přese všechnu bolest slezl z postele, vzal si kabát,
boty a hůl. Otevřel dveře, sestoupil, zavřel, zamkl a dal se
na cestu přidržuje se prvé myšlenky, jež ho napadla.
Šel opatrně cítě škubání hněvu a bolest v bedrech. Šel
ulicí Hálkovou, Hradební a Dlážděnou kulhaje jako
škarohlíd až před majorův dům, kde usedl pod mladý
doubek. (Bylo jich tu hojnost, neboť od ulice až k
domovním dveřím vedlo stromořadí, jež vzroste a stane se
velikolepým podle majorova vkusu.) Arnoštkovi bylo
příjemné seděti, a aby jeho hněv nebyl vystřídán náladou
smírnou a aby si zachoval prudkost, kouzelník se štípal do
stehen. Přitom se díval mezi listovím na hvězdy, ale
protože nebyl pobožnůstkář, aniž čítal dobrých knih, bylo
mu to jedno.

Souboj

Nežli svítalo, když šlo asi na třetí hodinu, otevřely se
konečně dveře. Arnoštek vstal, a zachvácen byv novým
hněvem a zvedaje hůl, vyrazil proti příchozím. Anna a
major se zastavili. A tu se do nich kouzelník dal bez
trubače, bez bubeníka a bez vojenského pořádku. Tloukl
je, mlátil a bušil do nich, co mu stačily síly.
Anna křičela opakujíc do omrzení majorovo jméno, avšak
Hugo si založil ruce a řekl:
„Probůh, vy skřítku z hor, snad jste si nepřinesl vidličku,
abyste mě píchal do lýtek? Snad mě nechcete prokláti

hůlkou, jíž se přehrabává oheň?

K čertu," dodal vida, že část ran se snáší na Annina záda, „miřte lépe nebo zraníte moji dámu."

„Vaši dámu" vykřikl Arnoštek, popadnuv Annu za vlasy, „vaši dámu! Což jste pozbyl rozumu."

„Ne," odpověděl Hugo, „neboť Anna zůstane se mnou a vy odejdete."

Kouzelník řekl, že udělá, co bude chtíti, a Anna, patříc z jednoho muže na druhého a srovnávajíc krásné skutky Arnoštkovy s nečinností majorovou, rozhodla se pro prvého.

„Je nezbytné, abychom byli shovívaví k slabosti svých přátel," pravila dotýkajíc se ruky kouzelníkovy, „nechte majora naživu, nezabíjejte ho."

Nakonec jsouc postrašena a plna obdivu odešla s Arnoštkem jako panna, jež podpírá hrdinu slavkovského. Neboť vznešenost, která se nerve s chudáky, není dostupná ženskému rozumu.

Pravá přátelství

Nazítří ráno abbé si upravil obvazek a šel na Důrovu plovárnu.

„Horlivost přátelství," pravil pozdravuje mistra a majora, „měla mě k tomu, pánové, abych vás vyhledal. Jste zdrávi? Daří se vám dobře?"

„Ach," odvětil Antonín, „nemůže býti spravedlivější příčiny k stížnosti, než je moje, neboť vězte, že se Kateřina vrátila."

„U všech rohatých," vykřikl kněz, „kde je lidská stálost? Co si ta ženská myslí? Proč jste jí nevyhnal."

Antonín pokrčil rameny a neodpověděl.

Epizoda o smířlivých a přísných lidech

Některé skutky příliš přísné a opět některá shovívavá
rozhodnutí jsou mimo hranici rozumu a mimo obecnou
chápavost, která, žel, je méně než oslí.
Víte, proč to je? Někdo se vyučil kominíkem, vyřezává
lupenkou sirníky nebo klece na ptáky, zahradničí, miluje
lidnaté pivnice a slunné dny. Je to bezúhonný muž, a
vylosují-li jej za porotce na hrdelní soud, bude vždy
mluviti pro odpuštění viny snaže se v tomto krásném
světě po svém o spravedlnost.
Jiný muž, je-li vyučen právu, u pláči chystá vražedníkovi
provaz a omdlévaje, od večera do svítání myslí na
hrůzyplný nůž a na sekeru nešťastníkovu. Tento člověk se
posedl pravdou zákona a blázní stejně jako dobráček, jenž
všem odpustil.
Ukrutný soudce a spravedlivý kominík se nepoznají, ani
kdyby se sešli na kuželkách. Ale lid na ně ukazuje stejným
prstem řka: hleďte dva potrhlé.

Epizoda se končí

Mistr, abbé a major sloužíce bez výhrady svým názorům a
disciplínám mohli se navzájem shodnouti. Ale ti, kdož
vyznávají poměrné týdenní pravdy a milují hned tu, hned
onu práci jen případ od případu, nemohou jich pochopiti.
Mistr, abbé a major jsou sami.

Další rozprava

Ticho, jež nastalo po kanovníkově otázce, plynulo jako Orše. Major si svlékl rukavice, a ujav se skřínky, vyňal láhev.

„Anna odchází," řekl, „ale Kateřina se vrátila. Anna byla krásná, Kateřina je ošklivá, a přece se sobě podobají. Slyšel jsem Annu, že se sdílí o své mínění s paní Důrovou. Nazývala Antonína hrubcem, Rocha plytkým knihomolem a o mně soudila snad ještě hůře, neboť odešla s Arnoštkem domnívajíc se, že mě přemohl."

„Vy jste spolu zápasili" zeptal se Antonín.

„Dnes ráno," odpověděl major, „v stromořadí doubků mě kouzelník sešvihal španělkou."

Věci nevídané

„Slyšte" vykřikl kanovník a postavil sklenici, „vy jste to strpěl! Vy jste se nebránil" Řka to, abbé zaťal pěst, a přistoupiv co nejblíže k oběma přátelům, jal se vypravovati o svém odhodlání při nočním dobrodružství s Annou.

„Když jsem viděl," řekl, „že opilci od Zelené panny vnikají oknem do vozu, pojala mě tak veliká zuřivost, že bych byl roztál ničemníkům hlavy, a lituji, že moje pěst nebyla ani řežavá ani ostrá ani dost mohutná."

„Počínal jste si dobře," řekl Antonín, „neboť jste neužíval svých zbraní a neusazoval jste výtržníků citátem. Vy a major jste vzácní mužové. Avšak co s tím? Pijte!"

Když vyprázdnili sklenice, kanovník se zamyslil a řekl:

„Antonínův zájem je dosti široký. Proč mu Anna před

ostatními nedala přednosti?"

Vše uplývá

„Zvolila mě dosti brzy," děl mistr, „ale právě proto je tomu již dávno." Potom, nehodlaje již mluviti o Anně, jal se majorovi ukazovati několik cviků, které ztužují svalovinu levého srdce. Abbé otevřel knihu, a když byl mistr dokončil výklad, dal se do své hry i major kroutě zápěstím a zachovávaje důstojné mlčení.

Co se Kateřině líbí a co odsuzuje

V tu dobu paní Důrová stanula ve vrbinách. Potemnělá Orše se bystře sunula mimo ni a nad hlavou poletovali ptáci, jichž Kateřina neznala, byla však klidná. Na věži svatého Vavřince odbíjely hodiny. Když dozněly, paní si vzpomněla na oběd, a změnivši místo, uviděla nad střechami kabin hlavu manželovu.

„Hle," pravila s nevolí, „Antonín v soukromí cvičí tělesné síly. Jsem si jista, že někde v koutku svírá abbé knihou svoji tvář; kdybych jej poslouchala, nikdy se nedovím, kde je počátek jeho knižních řečí, a nikdy se nedopočítám konce. Ti dva jsou úchylní náruživci a major se svou topornou důstojnosti, jež se nebojí výsměchu, jim nezadá ani v nejmenším, neboť jen blázen slouží minulým věcem a neužívá toho, co jest."

Řkouc to, rozhlížela se paní Důrová na všechny strany a tehdy, sledujíc cestu k obci Studené, která stoupá po druhém břehu od řeky vzhůru do veliké výše, spatřila zelený vůz, jejž vlekl selský kůň. Arnoštek seděl na kozlíku a práskal bičem. Anna šla podle vozu opírajíc se dlaní o jeho stěnu a vzadu běžel maličký psíček.

„Ach," vydechla cítíc, že je na chvíli veta po její občanské jistotě, a setřela si hřbetem ruky slzu. „Ach, ach, ach. Jak je krásné kouzliti ohně a po šírém světě si pohrávati malými oblými věcmi. Jak je krásné počítati dny do tří a míjeti město po městě!

Jak je krásné strojiti dějství od počátku do konce a opakovati je znovu a znovu před lidmi, z nichž nikdo mimo nás neví, co se stane.

Lampy! Kouzelný klobouk! A strmý provaz! Vizte mě, divákové, jak oděna jsouc trikotem, flanderským podpírám Arnoštka, neboť je to sloboučký kouzelník.

Jak je to krásné. Jak je krásné býti kadeřavým."

Also Available from JiaHu Books

Osudy dobrého vojáka Švejka za světové války
Válka s molky
R.U.R.
Hordubal
Krakatit
Továrna na absolutno
Povětroň
Obyčejný život
Babička
Przedwiośnie
Potop. Tomy 1-3
Chłopy
Ziemia obiecana
Rok 1794. Tomy 1-3
Faraon
Bunt
Ludzie bezdomni
Wampir
Quo vadis?
Za chlebem
Syzyfwe prace
Pan Taduesz
Na wzgórzu róż
Kariera Nikodema Dyzmy
Utwory wybrane – Maria Konopnicka
Zemsta
Hiša Marije Pomočnice
Judita
Dundo Maroje
Suze sina razmetnoga